HEYNE BÜCHER

W0283921

Fantasy

Herausgegeben von Wolfgang Jeschke

Der Zyklus von Cormac MacArt:

Robert E. Howard: *Die Tiger der See* · 06/4421
Andrew J. Offutt: *Die Nebel des Untergangs* · 06/4422
Andrew J. Offutt/Keith Taylor: *Der Turm des Todes* · 06/4423
Andrew J. Offutt: *Die Todesvögel* · 06/4424
Andrew J. Offutt: *Das Schwert des Kelten* · 06/4425
Andrew J. Offutt: *Der unsterbliche Hexer* · 06/4426
Andrew J. Offutt: *Im Zeichen des Mondes* · 06/4427

ROBERT E. HOWARD

Die Tiger der See

Erster Roman des Zyklus
von Cormac MacArt

Fantasy

Deutsche Erstveröffentlichung

WILHELM HEYNE VERLAG
MÜNCHEN

HEYNE SCIENCE FICTION & FANTASY
Band 06/4421

Titel der amerikanischen Originalausgabe
TIGERS OF THE SEA
Deutsche Übersetzung von Lore Strassl
Das Umschlagbild schuf Oliviero Berni

Redaktion: Irene Bonhorst

Printed in Germany 1987
Umschlaggestaltung: Atelier Ingrid Schütz, München
Satz: Schaber, Wels
Druck und Bindung: Presse-Druck, Augsburg

ISBN 3-453-00423-X

Inhalt

EINLEITUNG

Eine der erstaunlichsten Persönlichkeiten der Literatur dieses Jahrhunderts ist Robert E. Howard (1906–1936). Obwohl er sein gesamtes kurzes Leben in der kleinen Ortschaft Cross Plains in Texas zubrachte, bzw. nicht allzu weit davon entfernt – über eineinhalbtausend Kilometer von allen seinen Autorenkollegen im Bereich der Phantastik entfernt –, schuf er eine beachtliche Zahl anregender Fantasy-Epen, sowohl in Prosa als auch in Gedichtform. Vielleicht trug gerade diese Abgeschiedenheit dazu bei, seine erstaunliche farbenprächtige Phantasie anzuregen, als Ausgleich für die ländliche Eintönigkeit um ihn. Jedenfalls zählen die aufregenden Abenteuergeschichten, die er in den zwanziger und dreißiger Jahren für Pulp-Magazine schrieb, zu den besten ihrer Art. Sie stehen jenen solcher Meister wie Burroughs und Merritt in nichts nach, wenn es darum geht, den Leser zu fesseln und durch die Schilderung ungewöhnlicher Zeitalter und vergangener Reiche in Bann zu schlagen; genausowenig in seinem heroisch-poetischen Stil in der Tradition epischer Erzähler von Robert Service bis Homer. Howard war in erster Linie ein Poet des Heroischen, und einige seiner Erzählungen können als moderne klassische Beispiele auf diesem Gebiet angesehen werden.

In seinem Artikel »Robert E. Howard: The Other Heroes« (*Etchings and Odysseys,* Nr. 2, 1973) schreibt Ted Pons: »Die meisten Leser denken bei Robert E.

Howard in der Regel an seine vier bekanntesten Heldengestalten: Conan, Solomon Kane, Kull von Atlantis und den Piktenkönig Bran Mak Morn ... Man sollte jedoch die *anderen* Helden nicht vergessen, die ebenfalls Howards fruchtbarer Phantasie und talentierter Feder entsprangen ... Einer dieser Helden ist Cormac Mac Art, der gälische Renegat und Pirat, der in den Tagen König Artus' mit den Wikingern umherzog und kämpfte.

Howard schien eine Vorliebe für Helden gälischer Abstammung gehabt zu haben. Alle seine Protagonisten waren nahezu unübertrefflich vital und muskulös, doch seine gälischen Helden hatten eine Charakterzeichnung und Intensität, die sie herausragen läßt. Howard selbst hatte irische Vorfahren und nahm gern gälische Wesenszüge zum Vorbild. In seinen Geschichten bediente er sich häufig der Idee der Reinkarnation, aber es ist zweifelhaft, daß er selbst daran glaubte. Er benutzte sie vermutlich nur ihres poetischen Effektes wegen. Trotzdem ist es reizvoll sich vorzustellen, daß Howard – der selbst ein muskulöser, dunkelhaariger Mann von über einsachtzig war – vielleicht mit dem Gedanken gespielt hat, daß er selbst eine Reinkarnation seiner Helden, die seine Phantasie so bereitwillig schuf, sein könnte.

Wollen wir einmal, bloß zum Spaß, diesem Gedanken nachgehen. Howards bevorzugter Heldentyp ist ein großer, gutgewachsener, wölfischer Krieger von rein gälischem Blut, blauäugig, doch mit verhältnismäßig dunkler Haut, schwarzem Haar, narbigem, fast finsterem Gesicht. Er ist immer ein Barbar, der im offenen Kampf weder Erbarmen kennt, noch erwartet, doch über eine verborgene, innere Ritterlichkeit, eine angeborene Anständigkeit verfügt, die ihn von wirklichen Grausamkeiten abhält. Cormac Mac Art gehört in diese Kategorie, ebenso Howards mächtigste Epenhelden König Kull von Atlantis und Conan der Cimmerier.

Kull, ein Barbar des Inselkontinents Atlantis, erringt den Thron Valusiens – des mächtigsten Königreichs, das in etwa dem europäischen Kontinent gleichkommt – durch seine Geschicklichkeit mit dem Schwert und seine gewaltige Muskelkraft. Das geschah vor hunderttausend Jahren, wenn man den Worten des alten piktischen Priesters Gonar in einer von Howards schönsten Erzählungen »Herrscher der Nacht« (Kings of the Night)[1] glauben darf. Äonen später, etwa um achtzehntausend vor Christus, versank Atlantis, und schreckliche Kataklysmen veränderten das Antlitz der Erde. Das hyborische Zeitalter begann, doch seine prächtige Zivilisation entstand erst nach vielen Jahrtausenden der Barbarei, die den Kataklysmen folgte. Schließlich erkämpft sich Conan der Cimmerier – ein schwarzmähniger, muskulöser, narbengesichtiger Held wie Kull – den Thron von Aquilonien, dem mächtigsten der hyborischen Reiche. In seinem prägnanten Artikel »Das hyborische Zeitalter«[2], in dem Howard den Hintergrund für seine Kull- und Conan-Stories aufzeichnete, heißt es: »Nördlich von Aquilonien ... befinden sich die Cimmerier, wilde Barbaren ... Sie sind die Nachkommen der Atlanter ...« Conan ist demnach von etwa gleichem Blut wie Kull. Dann, gegen Ende des Artikels, nachdem er den Niedergang

---

[1] In *Herrscher der Nacht,* Terra Fantasy Band 3

[2] In *Conan,* Heyne Band 3202, und *Conan der Rächer,* Heyne Band 3283

des hyborischen Zeitalters beschrieb, stellt Howard fest: »Die Gälen – Vorväter der Iren und Hochlandschotten – entstammten reinrassigen cimmerischen Clans.« So wird eine rassische Verbindung zwischen Kull von Atlantis, Conan von Cimmerien und den verschiedenen schwarzmähnigen Helden mit den finsteren Gesichtern hergestellt, die im Rahmen der mehr oder minder bekannten Geschichte umherziehen und kämpfen.

Der früheste dieser historisch-cimmerischen Helden ist wahrscheinlich Conan, der Plünderer, der in der Geschichte »Das Volk der Finsternis« (People of the Dark)[1] vorkommt. Bei einem Überfall auf die Westküste Britanniens mit seinen Kameraden von Erin verfolgt Conan ein blondes Mädchen, das seine primitive Sinnenlust erregte, und kämpft, um sie zu retten, gegen Angehörige des gräßlichen, halbmenschlichen »Kleinen Volkes« (das in modernen Gruselgeschichten so hervorragend von Arthur Machen und später von Howard noch eingehender beschrieben wurde). Conan, der Plünderer, scheint sich ähnlich seinem cimmerischen Vorgänger für nicht viel mehr zu interessieren, als seinen barbarischen Trieben nachzugehen, obgleich sich auch bei ihm, wenn es darauf ankommt, eine urtümliche Ritterlichkeit zeigt. König Kull andererseits neigte mehr zur Melancholie und Philosophie, und er grübelte über die Probleme und den Sinn des Universums.

Aus einigen Angaben läßt sich schließen, daß Conan, der Plünderer, wahrscheinlich während des ersten Jahrtausends vor Christus auf den Britischen Inseln

---

[1] In *Gespenster der Vergangenheit,* Terra Fantasy, Band 55

umherstreifte, also ehe die römischen Legionen dorthin kamen. Cormac von Connacht, der nächste gälische Howard-Held, lebte zur Zeit der endgültigen militärischen Niederlage, die Roms Macht in Britannien brach. Im Grund genommen ist Cormac eher Beobachter denn Held. Der wahre Held zu dieser Zeit ist Bran Mac Morn, König der Pikten. Cormac ist eine Hauptfigur in »Herrscher der Nacht«, vielleicht Howards bemerkenswerteste Erzählung epischen Heldentums. In ihr kommt der mächtige König Kull aus der Vergangenheit, um dem Volk der Heide zu helfen, die anmaßenden Legionen der Römer zu vernichten. Die einzige andere Geschichte, in der Cormac erwähnt wird, ist »Würmer der Erde« (Worms of the Earth)[1]. Hier veranlaßt Eran Mak Morn das Kleine Volk, ihm gegen einen grausamen, hochmütigen römischen General zu helfen. (Ich bin überzeugt, eine Verschmelzung dieser beiden Bran-Mak-Morn-Geschichten ergäbe ein filmisches Meisterwerk in den Händen Cecil B. de Milles – jemand wie Jack Pallance müßte die Rolle des gälischen Helden Cormac von Connancht spielen ...)

Bald nachdem Bran und Cormac die römischen Legionen in Britannien besiegt hatten, fiel Rom unter dem Ansturm der Goten. Damit war das Schicksal des Römischen Reiches besiegelt. Die Britischen Inseln sanken langsam in die Bronzezeit-Barbarei zurück, als Pikten, Gälen, Sachsen und Jüten mit den halbromanisierten Britanniern um die Vorherrschaft kämpften, während vom Norden her die ersten Wikinger eintrafen. In dieser Zeit, die durch die Taten des halbmythischen König Artus berühmt wurde, lebte der Held die-

[1] In *Herrscher der Nacht,* Terra Fantasy Band 3

ses Buches – Cormac Mac Art. Cormac ist ein üblicher Howard-Held: hochgewachsen, geschmeidig, kräftig, mit mächtiger Brust, geradegeschnittenem schwarzen Haar und tiefgebräuntem Gesicht. »Die Augen dieses Mannes waren schmale Schlitze von eisigem Stahlgrau. Zusammen mit mehreren Gesichtsnarben verliehen sie ihm ein seltsam finsteres Aussehen.« Cormac ist ein ausgestoßener irischer Seeräuber, der sich dem dänischen Wikinger Wulfher, dem Schädelspalter, angeschlossen hat.

Ich habe in diesem Band die vier Howard-Geschichten über Cormac Mac Art in logische Reihenfolge gebracht, so gut das dem Inhalt zu entnehmen war. In »Tempel des Grauens« (The Temple of Abominations) – offenbar Howards erster Versuch mit diesem Helden und die einzige Geschichte dieser Reihe mit übernatürlichem Thema – sagt Cormac zu Wulfher: »Es sind achtzig Jahre her, daß Alarich seine Goten durch das Forum führte, doch ihr Barbaren erschreckt immer noch, wenn ihr nur den Namen Rom hört. Habt keine Angst, es gibt keine Legionen mehr in Britannien ...« Dann fährt er fort: »Die meisten Anführer sammeln sich um Artus Pendragon zu einem gemeinsamen Feldzug ...« – gegen die Sachsen. »Die Nacht des Wolfs« (The Night of the Wolf), die ich an dritter Stelle eingereiht habe, endet damit, daß Cormac und Wulfher mit ihren Leuten in einem Langschiff entkommen, das sie *Rabe* nennen, genau wie in der Geschichte »Tiger der See« (Tigers of the Sea), der ersten im Buch. In »Tiger der See« gibt es eine Diskrepanz. Cormac sagte in dieser Story: »Vor etwa achtzig Jahren, als Alarich mit seinen Goten die Reichshauptstadt einnahm ...« Das würde bedeuten, daß seit »Tempel des Grauens«

dreißig Jahre vergangen sind. Er sagte auch: »Über Damnonia, das südliche Königreich, und das Land bis Caer Odun herrscht Uther Pendragon.« Doch nach der Mythologie geht Uther Artus voraus. Ich habe den Text in beiden Geschichten zu »achtzig Jahren« geändert, da dies der angenommenen Artus-Zeit näherliegt. Offenbar verfaßte Howard »Tiger der See« lange nach »Tempel des Grauens«, so daß er inzwischen vergessen hatte, was er in der früheren Geschichte schrieb.

Ein paar Jahrhunderte später taucht Turlogh O'Brien auf, ein irischer Ausgestoßener, der Cormac Mac Art sehr ähnlich ist. Er ist ein Einzelgänger, ein Gesetzloser, der gleichermaßen gegen Wikinger und Gälen kämpft und alle gegen sich hat. »Das Idol« (The Dark Man)[1], in dem ein mit übernatürlichen Kräften gerüstetes Abbild des inzwischen legendären Bran Mac Morns Turlogh hilft, die Wikinger zu vernichten, die eine irische Prinzessin entführten, ist eine von Howards schönsten Erzählungen. Turlogh hat den gleichen Hang zu pessimistischem Grübeln über das Universum wie Kull und Cormac. In »Die Bestie von Bal-Sagoth« (The Gods of Bal-Sagoth)[2] schreibt Howard über ihn: »... aber dem schwarzhaarigen Kämpfer aus dem Westen schienen selbst der lauteste Triumph, Trompetenschall und Trommelschlag und das Jubelgebrüll sich in den vergessenen Staub und die Stille der Ewigkeit zu verlieren. Reiche und Nationen schwinden wie Nebel über dem Meer, dachte Turlogh ... und ihm schien, daß er und Athelstane durch eine

---

[1] In *Rächer der Verdammten,* Terra Fantasy Band 17
[2] In *Die Bestie von Bal-Sagoth,* Terra Fantasy Band 42

tote Stadt schritten, zwischen blassen Geistern hindurch ...« Diese Worte verraten Howards eigene Einstellung – die des Außenseiters, für den das Leben irgendwie unbefriedigend und unwirklich ist.

Ein anderer irischer Held tritt in »Der Grabhügel« (The Cairn on the Headland)[3] in Erscheinung. Es ist der Rote Cumal, der unter König Brian Boru in der Schlacht von Clontarf gegen die Wikinger kämpfte. Aber der Rote Cumal paßt nicht ganz zu der Schablone, denn er wird als sehr kräftig, ja bärengleich beschrieben und ist rotbärtig ... Zweifellos stammt er von einem der Stämme mit stark keltischem Einschlag ab, die später als die reinrassigen Gälen nach Irland kamen.

Schließlich haben wir noch Cormac Fitzgeoffrey – ebenfalls ein gesetzloser Kämpe, der um des Abenteuers und des Plünderns willen Richard Löwenherz ins Heilige Land folgte. Cormac, der normannisch-gälischer Abstammung ist, ähnelt Conan – sowohl im Aussehen wie Benehmen – mehr als jeder andere Howard-Held nach dem hyborischen Zeitalter. Er trägt Kettenrüstung über der kräftigen Gestalt, sein Gesicht ist narbig und finster. Wie ein stählerner Moloch stapft er durch seine Feinde, und der silberne Totenschädel auf seinem Schild jagt Türken und Beduinen Furcht ein, noch ehe sein gewaltiges Breitschwert ihre Köpfe spaltet. Es gibt nur drei dieser conanähnlichen Abenteuer, und sie sind bisher lediglich in Buchform in den Vereinigten Staaten erschienen. Ein unveröffentlichtes Fragment (das ich zu Ende schrieb und »The Slave-Princess« nannte) beschreibt, wie Cormac Fitzgeoffrey

---

[3] In *Das Haus des Grauens,* Vampir-Reihe Band 52

schon mit acht Jahren in einer Schlacht mitkämpft. Conan gleich zeigt er keine Neigung zu grüblerischem Philosophieren über die Vergänglichkeit des Lebens. Er ist auf Beute aus, egal ob von Christen oder Moslems, ist jedoch nicht ohne eine grobschlächtige, angeborene Ritterlichkeit.

Das waren die Helden, die man Robert E. Howards »frühere Inkarnationen« nennen könnte. Sicherlich symbolisieren sie seine idealisierte Selbsteinschätzung, und zweifellos muß es ihm Spaß gemacht haben, sich auszumalen, daß Männer wie sie – bis zurück zu grauer Vorzeit und dem heroischen Zeitalter der Mythen – zu seinen eigenen Vorfahren gehört hatten.

Zwei der Geschichten in diesem Band wurden unvollendet in Howards Nachlaß gefunden. So wie es aussieht, waren sie vermutlich vollständig, und das Ende ging später verloren. Ich habe etwa die letzten dreitausend Anschläge von »Tempel des Grauens« und ungefähr die letzten fünfundzwanzigtausend von »Tiger der See« geschrieben. Während ich an diesem Buch arbeitete, fand Glenn Lord eine viel kürzere und vermutlich frühere Version von »Tempel des Grauens«. Die letzten Sätze der Geschichte in diesem Band stammen davon.

Abgesehen von der Routinebearbeitung, bei der Fehler und kleine Unstimmigkeiten behoben wurden, ist Howards Text unverändert geblieben.

Richard L. Tierney

St. Paul, Minnesota, USA
19. Februar 1974

TIGER DER SEE

1.

»Tiger der See! Männer mit dem Herzen eines Wolfs und Sehnen aus gehärtetem Stahl! Krieger, die die Raben füttern und deren einzige Freude im Kämpfen und Sterben liegt! Riesen, denen das Todeslied des Schwertes süßer in den Ohren klingt, denn das Liebeslied einer Maid.«

Die müden Augen König Gerinths waren umschattet.

»Ihr erzählt mir nichts Neues. Seit zwanzig Jahren fallen solche Männer immer wieder wie hungrige Wölfe über mein Volk her!«

»Nehmt eine Seite aus Cäsars Buch«, sagte Donal, der Barde. Er hob einen Kelch an die Lippen und nahm einen tiefen Zug des Weines. »Steht in den römischen Büchern nicht, wie er Wolf gegen Wolf hetzte? Ja – auf diese Weise besiegte er unsere Vorfahren, die derzeit ebenfalls Wölfe waren.«

»Und nun gleichen wir eher Schafen«, entgegnete der König mit Bitterkeit in der Stimme. »In all den Jahren des römischen Friedens hat unser Volk die Kriegskunst verlernt. Nun ist Rom gefallen, und wir kämpfen um unser Leben – doch wir können nicht einmal unsere Frauen beschützen!«

Donal setzte den Kelch ab und beugte sich über den kunstvoll geschnitzten Eichentisch.

»Wolf gegen Wolf!« rief er. »Ihr sagt – wie ich es wohl wußte –, daß Ihr keine Krieger von den Grenzen abziehen könnt, damit sie nach Eurer Schwester Helen suchten – selbst wenn Ihr wüßtet, wo. Deshalb müßt Ihr andere Männer einsetzen – und diese Männer, die ich Euch beschrieben habe, sind den Angeln an Wildheit und Roheit so überlegen, wie die uns bedrohenden Angeln unseren verweichlichten Landsleuten.«

»Würden sie denn für einen Briten gegen ihr eigen Blut kämpfen?« gab der König zu bedenken. »Und könnte ich ihnen überhaupt trauen?«

»Sie hassen einander so sehr, wie wir sie beide hassen«, antwortete der Barde. »Am besten Ihr versprecht ihnen, daß sie ihre Belohnung erst bekommen, wenn sie Prinzessin Helen sicher bei Euch abgeliefert haben.«

»Erzählt mir mehr von ihnen«, bat König Gerinth.

»Wulfher der Schädelspalter, ihr Anführer, ist ein rotbärtiger Riese wie alle seiner Rasse. Er ist schlau auf seine Weise, doch zum Führer seiner Wikinger hat ihn sein verwegener Kampfesmut gemacht. Er schwingt seine schwere langstielige Streitaxt wie ein Spielzeug und zerschmettert damit Schwerter, Schilde, Helme und Schädel aller, die sich ihm in den Weg stellen. Wenn Wulfher sich blutbespritzt mit funkelnden Augen, den borstigen roten Bart vorgeschoben, die mächtige Axt rotbefleckt, einen Weg durch die Reihen der Gegner bahnt, gibt es nur wenige, die es wagen, sich ihm entgegenzustellen.

Doch wenn er Rat braucht, wendet er sich an seine rechte Hand, einen Mann mit der Schläue der

Schlange und uns Briten seit langem bekannt, denn kein Wikinger ist er, sondern ein Gäle aus Erin. Cormac Mac Art ist sein Name, *an Cliuin* oder Wolf genannt. Früher war er der Anführer irischer Seeräuber. Mit ihnen suchte er die Küsten der Britischen Inseln, Galliens und Spaniens heim – ja, er überfiel sogar die Wikinger selbst. Aber aufgrund allgemeiner Unruhen löste sich seine Schar auf, und er schloß sich der Wulfhers an – sie sind Dänen und kommen aus einem Land südlich dem jener, die man Nordmänner nennt.

Cormac Mac Art verfügt über all die Schläue und Tollkühnheit seiner Rasse. Er ist groß und schlank, ein Tiger, während Wulfher eher einem wilden Stier gleicht. Seine Waffe ist das Schwert und sein Geschick damit unglaublich. Die Wikinger halten nicht viel von der Fechtkunst. Ihre Art zu kämpfen ist, mächtige Hiebe mit dem vollen Schwung ihrer Arme auszuteilen. Nun, der Gäle kann das so gut wie sie, aber er zieht die Schwertspitze vor. In einer Welt, in der die Fechtkunst des römischen Schwertkämpfers fast vergessen ist, ist Cormac Mac Art nahezu unüberwindlich. Er ist kühl und tödlich wie der Wolf, nach dem man ihn nennt, doch manchmal überkommt ihn in der Hitze des Kampfes eine Wut, die die Wildheit des Berserkers noch übersteigt. Dann ist er schrecklicher noch denn Wulfher, und Männer, die dem Dänen entgegentreten würden, fliehen vor der Blutgier des Gälen.«

König Gerinth nickte. »Könntet Ihr diese Männer für mich finden?«

»Mein König, sie sind nicht fern. In einer einsamen Bucht in einer Gegend der Westküste, wohin sich selten jemand verirrt, haben sie ihr Drachenschiff an den Strand gezogen und vergewissern sich, daß es auch völlig seetüchtig ist, ehe sie gegen die Angeln vorgehen. Wulfher ist kein Seekönig, er hat nur ein Schiff, aber so überraschend schlägt er zu und so wild sind seine Mannen, daß die Angeln, Jüten und Sachsen ihn mehr als jeden anderen Gegner fürchten. Er liebt den Kampf und wird tun, was Ihr von ihm verlangt, solange Ihr ihn gut genug bezahlt.«

»Versprecht ihm, was Ihr wollt«, entgegnete Gerinth. »Mehr als nur eine Prinzessin des Reichs ist geraubt worden – sie ist meine kleine Schwester!«

Sein von tiefen Furchen gezeichnetes Gesicht wirkte ungewöhnlich sanft, als er sprach.

»Überlaßt die Sache ruhig mir«, sagte Donal und schenkte sich Wein nach. »Ich weiß, wo diese Wikinger zu finden sind. Ich kann mich unter sie begeben – doch eines möchte ich noch sagen, ehe ich aufbreche: Es bedarf der Worte aus Eurer Majestät eigenen Munde, um Cormac Mac Art zu überzeugen. Diese Westkelten sind noch mißtrauischer denn selbst die Wikinger.«

Wieder nickte König Gerinth. Er wußte, daß der Barde manch seltsamen Weg ging und daß er, so redefreudig er auch gewöhnlich war, doch zu schweigen vermochte. Donal war mit ungewöhnlichem, weitblickendem Verstand gesegnet oder verflucht, und seine Geschicklichkeit auf der Crottaharfe öffnete ihm viele Türen, die eine Axt nicht zu sprengen vermöchte. Und wo ein Krieger den Tod fände, blieb Donal mit der Crotta ungeschoren. Viele verwegene Seekönige kannte er, die für die meisten Briten nicht viel mehr als grimmige Sagen und Mythen waren, doch nie hatte Gerinth Grund gehabt, an der Treue des Barden zu zweifeln.

2.

Wulfher der Däne zupfte an seinem feuerroten Haar und runzelte nachdenklich die Stirn. Er war ein Riese. Die Brustmuskeln spannten sich wie zwei Schildbuckel unter dem Schuppenpanzer. Durch seinen gehörnten Helm wirkte er noch größer, und mit der Prankenhand um den langen Schaft seiner mächtigen Streitaxt bot er ein Bild barbarischer Wildheit, das man nicht so schnell vergaß. Doch trotz seines offensichtlichen Ungestüms wirkte der Führer der Dänen jetzt leicht verwirrt und unentschlossen. Er drehte sich um und stellte dem in der Nähe sitzenden Mann grollend eine Frage.

Dieser Mann war hochgewachsen, schlank und doch kräftig. Er hatte zwar nicht den schweren Körperbau des Dänen, dafür war er geschmeidig wie ein Tiger, was jede Bewegung verriet. Sein dunkles Haar war gerade geschnitten und sein Gesicht bartlos. Er trug keine goldenen Armreifen oder sonstigen Zierat, mit denen die Wikinger sich gern schmückten. Seinen Leib schützte ein Kettenhemd, und seinen Helm, der neben ihm lag, zierte glänzendes Pferdehaar.

»Nun, Cormac«, knurrte der Seeräuberführer, »was meinst du?«

Cormac Mac Art antwortete seinem Freund nicht sogleich. Forschend blickten seine kühlen grauen Augen in die blauen des Barden Donal. Donal war überschlank und überdurchschnittlich groß, sein zerzaustes Blondhaar nicht leicht zu bändigen. Er hatte weder seine Cotta, noch sein Schwert bei sich, und seine Kleidung erinnerte an die eines Hofnarren. Sein schmales Patriziergesicht wirkte in diesem Augenblick so unergründlich, wie es die finsteren narbigen Züge des Gälen waren.

»Ich traue Euch, soweit ich überhaupt jemandem traue«, sagte Cormac, »aber in dieser Sache genügt mir Euer Wort allein nicht. Wie soll ich wissen, daß Ihr uns nicht vielleicht nur aus dem Weg haben wollt oder uns gar in einen Hinterhalt unserer Feinde schickt? Wir haben an der Ostküste von Britannien zu tun ...«

»Mein Vorschlag bringt euch mehr ein als die Plünderung eines Seeräuberverstecks«, entgegnete der Barde. »Wenn Ihr mich begleitet, bringe ich Euch zu dem Mann, der Euch vielleicht überzeugen kann. Aber Ihr müßt alleine kommen, Ihr und Wulfher.«

»Eine Falle«, knurrte der Däne. »Donal, du enttäuschst mich!«

Cormac blickte tief in die ungewöhnlichen Augen des Barden, und schüttelte bedächtig den Kopf.

»Nein, Wulfher, wenn es eine Falle ist, müßte man auch Donal getäuscht haben, und das glaube ich nicht.«

»Wenn Ihr mir so weit traut, warum genügt Euch dann nicht mein Wort in der anderen Sache?«

»Das ist etwas anderes«, erklärte der Seeräuber. »Hier geht es nur um Wulfhers und mein Leben. Bei der anderen dagegen um das der gesamten Mannschaft. Es ist meine Pflicht ihr gegenüber, ganz sicherzugehen. Ich glaube nicht, daß Ihr lügt, aber es könnte sein, daß man Euch belogen hat.«

»So kommt denn! Ich bringe euch zu dem Mann, der selbst Euer Mißtrauen zum Schwinden bringen wird.«

Cormac erhob sich von dem Felsbrocken, auf dem er gesessen hatte, und stülpte sich den Helm auf den Kopf. Immer noch brummelnd und kopfschüttelnd, brüllte Wulfher seinen Mannen einen Befehl zu. Einige saßen in einiger Entfernung um ein Feuer und brieten Wild, andere würfelten im Sand, und eine größere Schar arbeitete noch an dem Drachenschiff, das sie ins Trockene gezogen hatten. Dichter Wald schützte diese Bucht. Dies und die Unberührtheit dieser Gegend machte sie zu einem vortrefflichen Seeräuberversteck.

Mit einem Kopfnicken zum Langschiff brummte Wulfher: »Nun ist es wieder tipptopp in Ordnung und seetüchtig. Morgen hätten wir erneut dem Wikingerpfad folgen können ...«

»Ruhig Blut, Wulfher«, wandte der Gäle sich an ihn. »Wenn Donals Auftraggeber uns nicht in jeder Hinsicht zufriedenstellen kann, brauchen wir ja bloß umzukehren und zu tun, was wir vorgehabt haben.«

»Ja – falls wir zurückkehren können!«

»Donal wußte, wo wir sind; hätte er uns verraten wollen, wäre es ihm ein leichtes gewesen, einen Trupp von Gerinths Reitern zu uns zu führen oder uns mit britischen Bogenschützen zu umzingeln. Donal zumindest, glaube ich, meint es ehrlich mit uns, wie immer bisher. Der Mann hinter ihm ist es, dem ich mißtraue.«

Die drei hatten die kleine Bucht bereits hinter sich gelassen und stapften durch den schattigen Wald. Der Weg führte rasch bergan, und der Wald lichtete sich immer mehr, bis nur noch verstreute Gruppen und einzelne knorrige Eichen zwischen gewaltigen Felsblöcken wuchsen, die wie vergessenes Riesenspielzeug herumlagen. Die Landschaft hier war ungewöhnlich wild und rauh. Schließlich bogen sie um eine Felswand und sahen einen hochgewachsenen Mann in einem Purpurumhang unter einer Eiche stehen. Er war allein. Donal schritt eilig auf ihn zu und bedeutete seinen beiden Begleitern, ihm zu folgen. Cormacs Miene blieb unbewegt, doch Wulfher brummte in seinen Bart, während er den Schaft seiner Streitaxt mit beiden Händen umklammerte und sich mißtrauisch umschaute, als erwarte er, daß jeden Moment eine Horde Krieger aus dem Hinterhalt stürmen würde.

Die drei blieben vor dem noch schweigenden Mann stehen, und Donal lüpfte sein federgeschmücktes Barett, während Cormac erstaunt hervorstieß:

»Beim Blut der Götter! König Gerinth höchstpersönlich!«

Er machte keine Anstalten niederzuknien oder den Kopf zu entblößen, genausowenig wie Wulfher. Diese wilden Wanderer des Meeres erkannten die Herrschaft keines Königs an. Doch ihrer Haltung war der Respekt zu entnehmen, den sie ihm, dem Krieger, zollten. Weder Herausforderung noch Unterwürfigkeit sprach dagegen aus ihr. Allerdings weiteten Wulfhers Augen sich fast unmerklich, als er diesen Mann betrachtete, dessen scharfer Verstand und beispielloser Mut nun schon seit Jahren den Siegeszug der Sachsen trotz deren gewaltiger Übermacht eindämmte.

Der Däne sah einen großen schlanken Mann mit müdem edlen Antlitz und gütigen grauen Augen. Nur das schwarze Haar verriet, daß zumindest ein bißchen Römerblut in seinen Adern floß. Hinter ihm lag das Zeitalter einer Zivilisation, die zu Staub zerfallend dem Vorstoß der Barbaren gewichen war. Er stand für den letzten fernen Überrest des einst mächtigen Römischen Reichs und kämpfte gegen die Wellen der Barbarei, die den Rest dieses Reichs in einer roten Flut überspült hatten. Trotz seiner echt gälischen Abneigung gegenüber den kymrischen Vettern im allgemeinen, spürte Cormac die Leidenschaft und den Heldenmut dieses wackeren, wenn auch vergeblichen Kampfes. Und selbst Wulfher empfand fast etwas wie Ehrfurcht, als er in die weitblickenden Augen des britischen Königs blickte. Da war ein Volk, das mit dem Rücken zur Wand grimmig um sein Leben kämpfte und sich gleichzeitig erfolglos bemühte, Kultur und Ideale einer nie wiederkehrenden Zeit zu erhalten. Die Götter der Römer waren unter den erbarmungslosen Sohlen der Goten und Wandalen zertreten worden. Flachshaarige Barbaren regierten in den Purpurhallen vergangener römischer Kaiser. Nur auf dieser weit entfernten Insel klammerte sich eine kleine Schar romanisierter Kelten noch an die Traditionen von gestern.

»Dies sind die Krieger, Eure Majestät«, sagte Donal. Gerinth nickte und dankte ihm mit der stillen Höflichkeit des geborenen Edelmanns.

»Sie würden gern noch einmal, diesmal aus Eurem Munde, hören, was ich ihnen bereits gesagt habe«, erklärte der Barde.

»Meine Freunde«, sagte der König ruhig, »ich möchte Euch um Eure Hilfe bitten. Meine Schwester, die Prinzessin Helen, ein Mädchen von zwanzig, wurde geraubt – wie oder von wem, weiß ich nicht. Nur von ihrer Leibmagd und einem Knappen begleitet, ritt sie eines Vormittags in den Wald und kehrte nicht zurück. Es geschah zu einer dieser seltenen Zeiten, da Frieden an unseren Küsten herrschte. Doch unser Suchtrupp fand den Knappen tot und grauenvoll verstümmelt auf einer Lichtung tief im Wald. Die Pferde irrten allein im Wald umher, aber von der Prinzessin Helen und ihrer Leibmagd gab es keine Spuren. Wir fanden auch später keine von ihnen, als wir unser Reich von der Grenze zum Meer absuchen ließen. Nicht einmal die Spione, die wir zu den Angeln und Sachsen geschickt hatten, brachten Kunde von Helen. So kamen wir zu dem Schluß, daß Seeräuber, die ins Landesinnere gestreift waren, sie geraubt und sie mit sich aufs Meer genommen haben mußten.

Sie dort zu suchen, sind wir nicht imstande. Wir haben keine Schiffe mehr. Die letzten der britischen Flotte wurden in der Seeschlacht an der Küste von Cornwall von den Sachsen vernichtet. Doch selbst wenn wir Schiffe hätten, könnten wir keine Krieger zu ihrer Bemannung abstellen, nicht einmal für Prinzessin Helen. Die Angeln bedrängen unsere Ostgrenze, und Cerdrics Brut bedrängt uns vom Süden. In meiner Verzweiflung wende ich mich an Euch. Ich kann Euch nicht sagen, wo Ihr nach meiner Schwester suchen sollt, und auch nicht, wie Ihr sie befreien könnt, wenn Ihr sie gefunden habt. Nur eines kann ich sagen: Sucht das Ende der Welt nach ihr ab, und wenn Ihr sie gefunden habt, dann bringt sie zurück und nennt Euren Preis.«

Wulfher warf einen schnellen Blick auf Cormac, wie immer, wenn eine Sache des Nachdenkens bedurfte.

»Es ist besser, wir machen einen Preis aus, ehe wir aufbrechen«, brummte der Gäle.

»Dann wollt Ihr mir helfen?« rief der König, und sein Gesicht leuchtete auf.

»Nicht so hastig«, mahnte der vorsichtige Gäle. »Zunächst wollen wir verhandeln. Es ist keine leichte Aufgabe, die Ihr uns da stellt: die Meere nach einem Mädchen abzusuchen, von dem nichts weiter bekannt ist, als daß es geraubt wurde. Was ist, wenn wir nach mühsamer Suche mit leeren Händen zurückkehren?«

»Ich werde Euch dennoch belohnen«, versprach der König. »An Gold mangelt es mir nicht. Ich wollte, ich könnte mir Krieger dafür kaufen – aber ich weiß, wie es Vortigern ergangen ist.«

»Wenn wir Euren Auftrag annehmen und die Prinzessin lebendig oder tot zurückbringen«, sagte Cormac, »gebt Ihr uns hundert Pfund reines Gold und zehn Pfund extra für jeden Krieger, den wir dabei verlieren. Wenn wir trotz aller Mühen die Prinzessin nicht finden können, bezahlt Ihr uns zehn Pfund für jeden Mann, der bei der Suche sein Leben läßt, aber auf eine weitere Bezahlung verzichten wir. Wir sind keine Sachsen, die um Gold feilschen. Außerdem werdet Ihr uns in jedem Fall gestatten, unser Langschiff in einer Eurer Buchten neu herzurichten, und uns an Material zur Verfügung stellen, was wir benötigen, um während der Reise beschädigte Teile zu ersetzen. Seid Ihr damit einverstanden?«

»Mein Wort und meine Hand darauf«, versicherte ihm der König. Er streckte die Rechte aus, und als Cormac sie nahm, spürte er die nervige Stärke in den Fingern des Briten.

»Stecht Ihr sogleich in See?«

»Sobald wir wieder in der Bucht sind.«

»Ich werde Euch begleiten«, sagte Donal plötzlich. »Und da ist noch einer, der gern mitkommen möchte.«

Er pfiff durch die Finger – und war näher daran, seinen Kopf zu verlieren, als er sich hätte vorstellen können, denn sein Pfiff hätte nur zu leicht ein Signal zum Angriff sein können, als daß die Nackenhaare der beiden Seeräuber sich nicht sträubten. Doch Cormac und Wulfher entspannten sich, als nur ein einzelner Mann aus dem Wald trat.

»Marcus, aus edlem britischen Geschlecht«, erklärte Donal. »Ihm ist Prinzessin Helen versprochen. Erlaubt, daß auch er uns begleitet.«

Der junge Mann war hochgewachsen und gut gebaut. Er trug Kettenrüstung und den Kammhelm eines Legionärs. Ein Kurzschwert hing an seiner Seite vom Gürtel. Seine Augen waren grau, doch das schwarze Haar und der leicht olivbraune Ton seiner Haut verriet, daß mehr des warmen südlichen Blutes durch seine Adern floß als durch die des Königs. Er sah zweifellos gut aus, doch jetzt beschattete Sorge sein Gesicht.

»Ich bitte Euch, erlaubt mir, Euch zu begleiten«, wandte er sich an Wulfher. »Die Kriegskunst ist mir nicht unvertraut – und hier in Ungewißheit des Schicksals meiner Braut harren zu müssen, ist schlimmer für mich als der Tod.«

»Dann komm mit«, brummte Wulfher. »Wir werden wahrscheinlich für diese Fahrt sowieso jedes Schwert brauchen, das wir nur bekommen können. König Gerinth, habt Ihr denn nicht den kleinsten Hinweis, wer die Prinzessin geraubt haben könnte?«

»Nein, das einzige Ungewöhnliche, das wir damals im Wald fanden, ist dies.«

Der König holte unter seinem Umhang einen kleinen Gegenstand hervor und reichte ihn dem Wikingerführer. Wulfher starrte verständnislos auf die Pfeilspitze aus poliertem Feuerstein in seiner gewaltigen Pranke. Cormac nahm sie ihm ab und betrachtete sie eingehend. Sein Gesicht blieb ausdruckslos, doch in seinen kühlen Augen flackerte flüchtig etwas auf. Dann sagte der Gäle etwas Merkwürdiges:

»Ich werde mir heute doch nicht das Gesicht schaben.«

3.

Der frische Wind blähte die Segel des Drachenschiffs, und der gleichmäßige Schlag der vielen Ruder gab den Takt zu dem Gesang aus rauhen Kehlen. Das Pferdehaar seines Helms flatterte in der Brise, als Cormac Mac Art sich in voller Rüstung über die Reling des Achterdecks lehnte. Wulfher hieb den Axtschaft auf die Planken und brüllte dem Steuermann einen unnötigen Befehl zu.

»Cormac«, grollte der riesenhafte Wikinger, »wer ist König von Britannien?«

»Wer ist in Plutos Abwesenheit König über den Hades?« entgegnete der Gäle.

»Lies mir keine Runen über römische Götter«, knurrte Wulfher.

»Rom herrschte über Britannien, wie Pluto über den Hades herrscht«, erwiderte Cormac. »Jetzt ist Rom gefallen, und die niedrigeren Dämonen streiten untereinander um die Herrschaft. Vor etwa achtzig Jahren, als Alarich mit seinen Goten die Reichshauptstadt einnahm, wurden die Legionen aus Britannien abgezogen. Vortigern war König von Britannien – oder vielmehr, er machte sich selbst dazu, als die Briten auf sich allein angewiesen waren. Er selbst ließ die Wölfe ein, als er sich Hengist und Horsa mit ihren Jüten holte, wie du weißt, damit sie die Pikten vertrieben. Hinter ihnen strömten die Sachsen und Angeln wie eine rote

Flut ein, und Vortigern unterlag. Nun ist Britannien in drei keltische Königreiche zersplittert, während die Seeräuber die gesamte Ostküste halten und langsam, aber sicher westwärts vordringen. Über Damnonia, das südliche Königreich, und das Land bis Caer Odun herrscht Uther Pendragon. Gerinth ist König über das mittlere Reich, von Uthers Grenze bis zum Kumbrischen Bergland. Nördlich davon liegt König Garths Reich, das die Briten Strath-Clyde nennen. Garths Untertanen sind die wildesten aller Briten, denn viele der dort hausenden Stämme haben sich nie ganz den Römern gebeugt. Auch in der westlichsten Spitze von Damnonia und in den westlichen Bergen von Gerinths Land gibt es barbarische Stämme, die Rom nie anerkannten und auch jetzt keinen der drei Könige anerkennen. Überall treiben Räuber ihr Unwesen, und selbst die drei Könige halten nicht immer Frieden untereinander, was hauptsächlich an Uthers leicht vom Wahnsinn gezeichneter Unberechenbarkeit und an Garths angeborener Zügellosigkeit liegt. Stünde nicht Gerinth beschwichtigend zwischen ihnen, wären sie einander längst an die Kehle gefahren.

Jedenfalls handeln sie nie sehr lange in gegenseitigem Einverständnis. Zwar kämpfen auch die sie bedrohenden Jüten, Angeln und Sachsen ständig untereinander, wie du weißt, aber der Strom ihrer niedrigen Langschiffe über die Enge zwischen Festland und Insel reißt nie ab.«

»Und ob ich das weiß!« brummte der Däne. »Schließlich habe ich schon viele Dutzende ihrer Schiffe nach Midgard geschickt. Eines Tages wird mein Volk kommen und ihnen Britannien wegnehmen.«

»Es ist ein Land, um das es sich zu kämpfen lohnt.«

Der Gäle nickte. »Was hältst du von den Männern, die wir an Bord genommen haben?«

»Donal kennen wir seit langem. Wenn ihm danach ist, kann er mir mit seiner Cotta das Herz in der Brust schmelzen und mich in meine Kindheit versetzen. Und wir wissen, daß er sein Schwert zu führen versteht, wenn es hart auf hart geht. Was den Römer betrifft ...«, so nannte Wulfher Marcus, »... nun, er sieht wie ein erfahrener Krieger aus.«

»Seine Vorfahren befehligten drei Jahrhunderte lang britische Legionen, nachdem sie zuvor mit Cäsar in Gallien und Italien gekämpft hatten. Nur dem überlieferten Wissen über römische Strategie verdanken die britischen Ritter es, daß sie die Sachsen bisher zurückschlagen konnten. Aber sag, Wulfher, was hältst du von meinem Bart?« Der Gäle rieb sich die borstigen Bartstoppeln.

»So ungepflegt hab ich dich noch nie gesehen«, brummte der Däne, »außer wenn wir mal fliehen mußten oder tagelang kämpften, und du keine Zeit gehabt hast, dir das Gesicht zu schaben.«

»In ein paar Tagen wird der Bart meine Narben verbergen.« Cormac grinste. »Hast du dir nichts dabei gedacht, als ich dir riet, nach Ara in Dalriadia zu segeln?«

»Nun, ich habe angenommen, daß du dich bei den wilden Skoten nach der Prinzessin erkundigen möchtest.«

»Und warum hast du angenommen, daß ich glaube, sie wüßten was?«

Wulfher zuckte die Schulter. »Ich habe es längst aufgegeben, mich nach dem Beweggrund für deine Handlungen zu fragen.«

Cormac zog die steinerne Pfeilspitze aus seinem Beutel. »Auf den gesamten Britischen Inseln gibt es nur eine Rasse, die solche Spitzen für ihre Pfeile verwendet. Das sind die Pikten von Kaledonien, die in der Steinzeit, ehe die Kelten kamen, alle diese Inseln für sich allein hatten. Selbst jetzt benutzen sie manchmal noch Feuerstein für ihre Pfeilspitzen. Das erfuhr ich, als ich unter König Gol von Dalriadia kämpfte. Kurz nachdem die Legionen Britannien verlassen hatten, gab es eine Zeit, da streiften die Pikten wie Wölfe bis zur Südküste. Doch die Jüten und Angeln und Sachsen trieben sie ins Heideland zurück. So lange schon steht König Garth zwischen ihnen und dem mittleren Königreich, daß Gerinth und seine Leute ihre Bräuche nicht mehr kennen.«

»Dann glaubst du, daß die Pikten die Prinzessin geraubt haben? Aber wie ...?«

»Das muß ich erst herausfinden, deshalb fahren wir nach Ara. Die Dalriadier und Pikten kämpfen seit hundert Jahren abwechselnd mit- und gegeneinander. Gegenwärtig herrscht Frieden zwischen ihnen, und die Skoten wissen wahrscheinlich recht gut Bescheid, was im Finsteren Reich vorgeht – so wird das Land der Pikten genannt, und wahrhaftig ist es finster und fremdartig, denn diese Pikten entstammen einer uralten Rasse, und ihr Tun ist uns unbegreiflich.«

»Wir werden also einen Skoten ergreifen und ihn befragen?«

Cormac schüttelte den Kopf. »Ich werde an Land gehen und mich unter sie mischen. Sie sind meiner Rasse, und wir sprechen die gleiche Sprache.«

»Und wenn sie dich erkennen«, gab Wulfher zu bedenken, »knüpfen sie dich an den höchsten Baum! Du hast dich nicht beliebt gemacht bei ihnen. Gewiß, in deiner frühen Jugend hast du unter König Gol gekämpft, doch seither hast du öfter als einmal Dalriadias Küsten verwüstet, nicht nur mit deinen irischen Räubern, sondern auch mit mir.«

»Das ist ja der Grund, weshalb ich mir einen Bart wachsen lasse, alter Seedrache.« Der Gäle lachte.

4.

Die Nacht hatte sich über die zerklüftete Westküste von Kaledonien gesenkt. Im Osten reckten sich die fernen Berge den Sternen entgegen, im Westen erstreckte das dunkle Meer sich in unbekannte Fernen und zu ungeahnten Küsten. Der *Rabe* lag an der Nordseite einer schroffen Landzunge, dicht an den überhängenden Klippen. Mit all dem Geschick langjähriger Erfahrung hatte Cormac das Schiff im Schutz der Dunkelheit durch die gefährlichen Riffe gelotst. Zwar war Cormac Mac Art in Erin geboren, doch gab es keine Insel im Westmeer, auf der er sich nicht herumgetrieben hätte, seit er sein erstes Schwert geführt hatte.

»Und jetzt gehe ich an Land«, erklärte Cormac. »Allein!«

»Nehmt mich mit«, bat Marcus flehend, doch der Gäle schüttelte den Kopf.

»Euer Aussehen und Euer Akzent würden uns beide verraten. Auch Euch kann ich leider nicht mitnehmen, Donal. Zwar weiß ich, daß die Könige der Skoten gern Euren Weisen gelauscht haben, doch seid Ihr außer mir der einzige, der diese Künste kennt, deshalb müßt

Ihr das Schiff hinauslotsen, falls ich nicht zurückkehre.«

Der Gäle war kaum wiederzuerkennen. Ein buschiger kurzer Bart verbarg den größten Teil seines Gesichts und vor allem die Narben. Er hatte seinen Kammhelm mit dem Pferdehaarschmuck abgelegt, ebenso sein fein gearbeitetes Kettenhemd, und trug nun statt dessen den runden Helm und Schuppenpanzer der Dalriadier – Rüstung und Waffen vieler Völker gehörten zur Ladung des *Raben.*

»Na, alter Seewolf«, sagte er mit spöttischem Grinsen, als er sich daranmachte, sich über die Reling zu schwingen, »du hast zwar nichts gesagt, aber das Glitzern in deinen Augen kannst du nicht verbergen! Auch du möchtest mich begleiten, nicht wahr? Mit Freuden würden die Dalriadier einen gütigen Freund wie dich willkommen heißen, der ihre Dörfer gebrandschatzt und ihre Fellboote versenkt hat.«

Wulfher bedachte ihn mit herzhaften Verwünschungen. »Wir Seefahrer sind bei den Skoten so beliebt, daß allein mein roter Bart Grund genug wäre, um mich zu hängen. Aber trotzdem, wäre ich nicht Kapitän dieses Schiffes und deshalb dafür verantwortlich, würde ich lieber das Risiko eingehen, als einen hohlköpfigen Narren wie dich allein in solche Gefahr ziehen zu lassen!«

Cormac lachte schallend. »Warte bis zur Dämmerung auf mich«, bat er ihn, »doch nicht länger.«

Er sprang von der Achterreling ins Wasser und schwamm trotz Rüstung und Waffen mit kräftigen Schlägen zum Fuß der Klippe und an ihr entlang, bis er ein Sims fand, von dem aus die Felswand schroff hochführte. Vielleicht hätte selbst eine Gemse sich hier schwergetan, aber Cormac hatte keine Lust, den Umweg um die ganze Länge der Landzunge zu machen. So kletterte er gerade hoch und erreichte mit viel Kraftaufwand und erstaunlicher Geschicklichkeit die Höhe, der er folgte, bis sie sich mit einem steilen Kamm auf dem Festland verband. Hier kletterte er den Südhang hinunter und marschierte auf die fernen Feuer der dalriadischen Stadt Ara zu.

Er hatte noch keine sechs Schritte zurückgelegt, als ein Geräusch hinter ihm ihn mit gezückter Klinge herumwirbeln ließ. Vom Sternenschein hob sich undeutlich eine kräftige Gestalt ab.

»Hrut! Bei allen sieben Teufeln, was ...«

»Wulfher hat mich dir nachgeschickt«, brummte der Mann. »Er hat Angst, daß dir was zustoßen könnte.«

Cormac neigte zu Jähzorn. Wild verfluchte er Hrut und Wulfher gleichermaßen. Hrut hörte ihm gleichmütig zu, und Cormac wußte, daß es nur Zeitverschwendung wäre, mit ihm zu streiten. Der riesenhafte Däne war ein wortkarger, schwermütiger Mann, dessen Verstand ein wenig durch einen Schwerthieb auf den Kopf gelitten hatte. Aber er war mutig und treu, und als Waldläufer war außer Cormac selbst keiner besser als er.

»Also, dann komm schon mit«, beendete Cormac seinen Zornausbruch. »Aber in die Stadt darfst du mich nicht begleiten. Es ist dir doch klar, daß du dich außerhalb der Mauer verstecken mußt?«

Der Däne nickte. Cormac rannte mit gleichmäßigen Schritten los und bedeutete ihm, ihm zu folgen. Trotz seines Gewichts lief Hrut schnell und fast lautlos. Cormac beschleunigte den Schritt, denn er mußte sich beeilen, wenn er alles, was er sich vorgenommen hatte, erledigen und bis zum Mittag zurück sein wollte. Trotzdem ließ er in seiner Wachsamkeit nicht nach, denn er erwartete, jeden Moment auf einen Trupp Krieger zu stoßen, der aus der Stadt kam oder auf dem Heimweg war. Doch das Glück war ihm hold, und alsbald kauerte er zwischen den Bäumen, nur einen Pfeilflug von der Stadt entfernt.

»Versteck dich hier«, flüsterte er Hrut zu. »Und komm auf keinen Fall näher an die Stadt heran. Wenn du Geschrei hörst, warte bis eine Stunde vor Sonnenaufgang, und wenn du dann noch nichts von mir gehört hast, eilst du zu Wulfher zurück. Hast du verstanden?«

Als Antwort erhielt er das gewohnte Nicken. Hrut zog sich zwischen die Bäume zurück, und Cormac schritt unerschrocken auf die Ortschaft zu.

Ara lag dicht am Ufer einer kleinen Bucht. Cormac sah die auf den Strand gezogenen fellbespannten Weidenboote der Dalriadier, mit denen sie ihre Raubzüge südwärts bei den Briten und Sachsen unternahmen, oder nach Ulster ruderten, um sich mit Vorräten und Verstärkung zu versorgen. Ara war im Grund genommen eher ein Kriegslager denn eine Ortschaft, die eigentliche Hauptstadt von Dalriadia lag weiter im Landesinnern.

Ara war nicht sonderlich beeindruckend. Seine paar hundert Lehmhütten waren durch eine niedrige Mauer aus Steinblöcken geschützt, und Cormac kannte die Gemütsart seiner Bewohner. Was den kaledonischen Gälen an Reichtum und Rüstung fehlte, machten sie durch unbezähmbare Wildheit wett. Hundert Jahre unentwegten Kampfes gegen Pikten, Römer, Briten und Sachsen hatte ihnen kaum Gelegenheit gegeben, das natürliche Erbe ihres zivilisierteren Heimatlands zu pflegen. Die Gälen von Kaledonien hatten sich einen Schritt zurückentwickelt. Was Kultur und Handwerk betraf, waren ihre irischen Vettern ihnen voraus, dagegen hatten sie nichts von ihrem gälischen Kampfgeist verloren.

Ein mächtigerer, südirischer Stamm hatte ihre Vorfahren aus Ulahd vertrieben, und so waren sie hierhergekommen. Cormac, der in einer Gegend geboren war, die später als Connacht bekannt werden würde, stammte von diesen Eroberern ab. Er fühlte sich weder mit diesen vertriebenen Gälen verwandt, noch mit ihren Vettern im nördlichen Erin. Aber er hatte lange genug unter ihnen gelebt, um sie täuschen zu können, wie er glaubte.

Er trat vor das grobgezimmerte Tor und verlangte lautstark Einlaß, ehe die Wache ihn bemerkte, die es angesichts des scheinbaren Friedens nicht zu genau mit ihren Pflichten nahm – eine allgemeine Neigung der Kelten. Eine barsche Stimme befahl ihm zu warten. Eine über das Tor gehaltene Fackel warf ihren flackernden Schein auf ihn. In ihrem Licht sah Cormac grimmige Gesichter mit struppigen Bärten und kalten grauen oder blauen Augen über sich.

»Wer bist du?« erkundigte sich einer der Wächter scharf.

»Partha Mac Othna aus Ulahd. Ich komme, um in den Dienst eures Anführers Eochaidh Mac Ailbe zu treten.«

»Du bist klatschnaß!«

»Ein Wunder, wenn ich es nicht wäre«, entgegnete Cormac. »Wir waren noch ein ganzes Schiff voll, als wir heute morgen von Ulahd aufbrachen. Unterwegs rammte uns ein sächsischer Seeräuber. Außer mir kamen alle in den Wellen oder dem Pfeilhagel der Sachsen um. Ich klammerte mich an einen geborstenen Mast, und so gelang es mir, mich über Wasser zu halten.«

»Und was ist mit dem Sachsen?«

»Seine Segel verschwanden südwärts. Vielleicht haben sie es auf die Briten abgesehen.«

»Wie kommt es, daß die Posten entlang der Küste dich nicht bemerkt haben, wie du schließlich an Land gekommen bist?«

»Ich bin mehr als eine Meile südlich von hier an Land geschwommen. Und wie ich die Lichter durch die Bäume gesehen habe, bin ich ihnen gefolgt. Ich war schon früher einmal hier, so habe ich gewußt, daß es Ara ist, was vor mir lag.«

»Laßt ihn ein«, knurrte einer der Dalriadier. »Seine Geschichte hört sich wahr an.«

Das Tor schwang auf, und Cormac betrat das befestigte Lager seiner Erbfeinde. Feuer loderten zwischen den Hütten, und Neugierige drängten sich herbei, die gehört hatten, wie die Wache Cormac anrief. Männer, Frauen und Kinder waren von der Rauheit ihres kargen Landes geprägt. Die Frauen, prächtig gebaute Amazonen mit offenem Haar, betrachteten ihn interessiert, und halbnackte Kinder mit schmutzigen Gesichtern starrten ihn unter dem in die Stirn hängenden zerzausten Haar an. Da fiel Cormac auf, daß jeder irgendeine Waffe trug. Selbst Kleinkinder, die noch kaum richtig gehen konnten, hielten einen Stein oder einen Stock. Welch hartes Leben sie führen mußten, wenn selbst kleine Bälger beim ersten Anzeichen von Gefahr nach irgendeiner Waffe griffen – und wie verwundete Wildkatzen kämpfen würden, wenn es sich als nötig erweisen würde. Die Wildheit und der Kampfesmut dieser Leute war unverkennbar. Kein Wunder, daß es Rom nie gelungen war, dieses Volk zu brechen.

Gut fünfzehn Jahre waren verstrichen, seit Cormac in den Reihen dieser grimmigen Krieger gekämpft hatte, so befürchtete er nicht, daß er von irgendwelchen seiner früheren Kameraden erkannt werden würde, und dank seines dichten Bartes auch nicht, daß jemand ihn für einen von Wulfhers Leute halten würde.

Cormac folgte dem Krieger, der ihn führte, zur größten Hütte dieser Ortschaft. Er zweifelte nicht daran, daß hier der Anführer mit den Seinen wohnte. In Kaledonien gab es keinen Prunk. Selbst König Gols Burg war eine Lehmhütte. Cormac lächelte, als er diese »Stadt« mit den Städten verglich, die er anderswo kennengelernt hatte. Und doch waren es nicht Mauern und Türme, die eine Stadt ausmachten, dachte er, sondern die Bewohner.

Er wurde in die große Hütte geleitet, wo etwa zwanzig Krieger um einen groben Tisch saßen und aus ledernen Bechern tranken. An seinem Kopfende sah Cormac den Anführer, den er von früher kannte, und an seiner Seite den unumgänglichen Barden – ein Charakteristikum des keltischen Hoflebens, und mochte der Hof noch so primitiv sein. Unwillkürlich verglich Cormac diesen struppigen Mann in Fellkleidung mit dem kultivierten und ritterlichen Donal.

»Sohn Ailbes«, sagte der Wächter, der Cormac hergeführt hatte, »hier ist ein Krieger von Erin, der in Euren Dienst treten möchte.«

»Wer ist dein Führer?« fragte Eochaidh rülpsend, und Cormac bemerkte nun, daß der Dalriadier betrunken war.

»Ich bin ein freier Söldner«, antwortete der Wolf. »Früher gehörte ich zu den Bogenschützen von Donn Ruadh Mac Finn, *flaith na* Ulahd.«

»Setz dich und trink«, befahl Eochaidh mit einem unsicheren Wink der stark behaarten Hand. »Später werde ich mich mit dir unterhalten.«

Nachdem man ihm Platz gemacht und ein struppiger Knecht ihm *Poteen* eingeschenkt hatte – den hier überall gebrauten Whiskey, den die Gälen so liebten –, beachtete man ihn nicht weiter. Des Wolfs scharfer Blick nahm alle Einzelheiten auf, schweifte gleichmütig über die dalriadischen Krieger und blieb unauffällig ein bißchen länger an den beiden ihm gegenüber hängen. Einen davon kannte er – es war der übergelaufene Nordmann Sigrel, der bei den Feinden seines Volkes Zuflucht gefunden hatte. Cormacs Blut floß rascher durch die Adern, als der andere ihn mit bösem Blick verkniffen musterte. Doch der Mann neben Sigrel ließ ihn den Nordmann kurz vergessen.

Dieser Mann war gedrungen und sehr kräftig. Er war noch viel dunkler als Cormac, und aus einem Gesicht, das in seiner Reglosigkeit dem eines Götzenbilds nicht nachstand, glitzerten schwarze Augen wie die eines Reptils. Ein schmaler silberner Stirnreif hielt sein geradegeschnittenes Haar aus dem Gesicht. Er trug lediglich ein Lendentuch und einen breiten Ledergürtel, von dem ein blankes scharfes Kurzschwert hing. Ein Pikte! Cormacs Herz schlug schneller. Er hatte vorgehabt, Eochaidh sofort in ein Gespräch zu ziehen und mit Hilfe einer ausgedachten Geschichte alles aus ihm herauszulocken, was er über den Aufenthaltsort der Prinzessin Helen wußte. Doch dazu war der dalriadische Anführer jetzt viel zu betrunken. Er grölte rauhe Lieder, schlug mit dem Schwertgriff im Takt der begleitenden Cotta des Barden auf den Tisch und goß zwischendurch erstaunliche Mengen Whiskey in sich hinein. Alle waren betrunken – außer Cormac und Sigrel, der den Gälen verstohlen über den Becherrand beobachtete.

Während Cormac sich noch den Kopf zerbrach, wie er den Pikten unauffällig in ein Gespräch ziehen könnte, schloß der Barde seinen wilden Gesang mit einem lauten Akkord und einem Reim, mit dem er Eochaidh als »Wolf von Alba, dem größten Fütterer der Raben« pries.

Der Pikte taumelte auf die Füße und schmetterte seinen Becher auf den Tisch. Das verbreitete Getränk der Pikten war ein aus den Blüten von Heidekraut gebrautes Bier, nichts Stärkeres. Dieses in der Kehle brennende Malzgetränk der Gälen raubte ihnen den Verstand, und diesem Pikten war es besonders in den Kopf gestiegen. Sein nun keineswegs mehr unbewegtes Gesicht verzerrte sich zur Fratze, und seine Augen glühten wie Kohlen.

»Stimmt, Eochaidh Mac Ailbe ist ein mächtiger Krieger«, rief er in seinem barbarischen Gälisch. »Doch nicht einmal er ist der größte Krieger von Kaledonien. Keiner ist größer als König Brogar der Finstere, der auf dem uralten Thron der Pikten sitzt. Und nach ihm kommt Grulk! Ich bin Grulk der Schädelspalter! In meinem Haus in Grothga habe ich eine Matte, die aus den Skalpen von Briten, Angeln, Sachsen – ja, und Skoten ebenfalls – geflochten ist!«

Cormac zuckte gereizt die Schulter. Das Prahlen dieses Wilden in seinem Suff würde ihm höchstwahrscheinlich einen Schwertstoß eines nicht weniger betrunkenen Skoten einhandeln und so Cormac um die Chance bringen, etwas von ihm zu erfahren. Doch die nächsten Worte des Pikten ließen den Gälen aufhorchen.

»Wer in ganz Kaledonien hat den Briten eine schönere Frau geraubt als Grulk?« brüllte er, noch stärker auf den Beinen schwankend und mit wild funkelnden Augen. »Fünf waren wir im Fellboot, das der Sturm südwärts trieb. In Gerinths Reich gingen wir an Land, um uns Trinkwasser zu holen. Dabei stießen wir tief im Wald auf drei Briten – einen Burschen und zwei schöne Mädchen. Das Bürschchen wollte sich gegen uns stellen, da sprang ich, Grulk, ihn von hinten an, riß ihn zu Boden und stieß ihm mein Schwert in den Leib. Die Mädchen schleppten wir zu unserem Boot und ruderten nordwärts zur Küste von Kaledonien. Von dort brachten wir die Schönen nach Grothga.«

»Geschwätz! Leere Prahlerei!« rief Cormac höhnisch und lehnte sich über den Tisch. Er ging ein großes Risiko ein, als er rief: »In Grothga sind jetzt keine solchen Frauen!«

Der Pikte heulte auf wie ein Wolf und fummelte betrunken nach seinem Schwert.

»Als Gonar, unser Hohepriester, das Antlitz der feiner Gekleideten sah – die sich Atalanta nannte –, rief er, daß sie dem Mondgott geweiht sei, daß sie das Zeichen auf ihrer Brust trage, das nur er sehen konnte. So schickte er sie mit Marcia, der anderen, in einem Langschiff, das die Skoten ihm geliehen hatten, mit fünfzehn Kriegern zur Insel der Altare in den Shetlands. Atalante ist die Tochter eines britischen Edelmanns und wird in den Augen Golkas, des Mondgottes, Gefallen erwecken.«

»Wann sind sie denn zur den Shetlandinseln aufgebrochen?« fragte Cormac schnell, als er sah, daß der Pikte bereits das Schwert in der Hand schwenkte.

»Vor drei Wochen. Noch ist die Hochzeitsnacht des Mondes nicht gekommen. Aber du hast mich einen Lügner geschimpft ...«

»Trink und vergiß es«, brummte ein Krieger und streckte ihm einen bis zum Rand gefüllten Becher entgegen. Der Pikte griff mit beiden Händen danach und tauchte fast das Gesicht ein, als er gierig trank. Der Whiskey schwappte über und rann auf die nackte Brust. Cormac stand auf. Er hatte alles erfahren, weswegen er hierhergekommen war. Er nahm an, daß die Skoten zu betrunken waren, um zu bemerken, daß er die Hütte verließ. Draußen würde es dann anders aussehen, wenn er durchs Tor wollte. Doch kaum hatte er sich erhoben, sprang einer auf die Füße. Sigrel, der Wikingerüberläufer, kam um den Tisch herum auf ihn zu.

»Ah, Partha«, sagte er boshaft. »So schnell hast du deinen Durst gelöscht?«

Plötzlich stieß er die Hand vor und schob dem Gälen den Helm aus der Stirn. Wütend schlug Cormac die Hand zur Seite, und Sigrel sprang mit wildem Triumphgeheul zurück.

»Echaidh! Männer von Kaledonien! Ein Dieb und Lügner ist unter uns!«

Die betrunkenen Krieger rissen verwirrt die Augen auf.

»Das ist Cormac *an Cliuin!*« brüllte Sigrel und griff nach seinem Schwert. »Cormac Mac Art, der Kamerad des Wikingers Wulfher!«

Cormac bewegte sich mit der Flinkheit des verwun-

deten Tigers. Stahl blitzte im flackernden Fackellicht, und Sigrels Kopf rollte den verblüfften Trinkern vor die Füße. Ein gewaltiger Satz brachte den Seeräuber zur Tür, und er verschwand, während die Skoten brüllend auf die Beine schwankten und an ihren Schwertern zerrten.

Augenblicke später kam ganz Ara angerannt. Einige hatten Cormac mit dem blutigen Schwert aus der Hütte des Anführers fliehen sehen, und sie verfolgten ihn nun, ohne nach dem Grund seiner Flucht zu fragen. Die zum Teil ernüchterten Trinker stürmten brüllend und fluchend aus der Hütte, und als sie den echten Namen ihres so kurz unter ihnen weilenden Gastes hinausschrien, erhob sich allgemeines Wutgebrüll, und alle nahmen rachsüchtig an der Verfolgung teil.

Cormac, der wie ein fliegender Schatten zwischen den Hütten hindurchhuschte, gelangte an ein unbewachtes Mauerstück. Ohne die halsbrecherische Geschwindigkeit zu verringern, schwang er sich über die niedrige Mauer und raste zum Wald. Ein rascher Blick über die Schulter verriet ihm, daß man ihn entdeckt hatte. Mit Waffen in den Händen stürmten Krieger über die Mauer.

Das vorderste Dickicht war ein gutes Stück entfernt. Cormac rannte geduckt darauf zu und rechnete jeden Augenblick mit einem Pfeil zwischen den Schultern. Aber die Dalriadier waren keine guten Bogenschützen, und er erreichte den Waldrand unversehrt.

Er hatte die flinken Kaledonier weit hinter sich gelassen, bis auf einen, der seinen Kameraden um gut hundert Meter voraus und dem Seeräuber dicht auf den Fersen war. Cormac wirbelte herum, um sich dieses einen Gegners zu entledigen, doch ein Stein gab unter seinem Fuß nach, und er stürzte auf ein Knie. Er schwang die Klinge hoch, um das Schwert abzuwehren, das sich wie der Schatten des Todes über ihm erhob, doch noch ehe es herabsauste, stürmte ein Riese aus dem Wald herbei, sein mächtiges Schwert sauste herab, und der Skote fiel mit zerschmettertem Schädel schlaff auf Cormac.

Der Gäle stieß den Toten zur Seite und sprang auf die Füße. Die brüllenden Verfolger waren jetzt nahe, und Hrut, der wie ein wildes Tier knurrte, wollte sich ihnen stellen. Doch Cormac faßte ihn am Handgelenk und zerrte ihn zu den Bäumen. Und schon rasten sie den Pfad zurück, den sie auf dem Herweg genommen hatten.

Hinter sich und bald auch zu beiden Seiten hörten sie ihre Verfolger, die sich mit ohrenbetäubendem Gebrüll einen Weg durch das Unterholz bahnten. Hunderte von Kriegern hatten sich der Jagd nach ihrem Erzfeind angeschlossen. Cormac und Hrut rannten langsamer, aber dafür vorsichtiger. Sie hielten sich in den tiefen Schatten, huschten von Baum zu Baum und krochen dann und wann in ein Gestrüpp, wenn ein Trupp ihrer Verfolger in die Nähe kam.

Sie hatten erst eine kurze Strecke zurückgelegt, als Cormac erschrocken das eifrige Bellen von Hunden hörte. »Wir sind dem Hauptteil der Verfolger jetzt voraus«, murmelte er. »Mit einem Sprint könnten wir den Kamm erreichen und von dort die Landzunge und das Schiff. Aber sie haben nun Wolfshunde auf unsere Spur gesetzt, und wenn wir diesen Weg nähmen, würden wir die Krieger zu Wulfhers Schiff führen. Es sind ihrer so viele, daß sie zum Schiff schwimmen und es stürmen könnten. Wir müssen einen anderen Weg nehmen!«

Cormac bog fast im rechten Winkel zum bisherigen Kurs ab, und nun erhöhten sie ihre Geschwindigkeit wieder – bis sie auf eine kleine Lichtung kamen, wo ihnen drei Dalriadier brüllend entgegenkamen. Offenbar war ihr Vorsprung doch nicht so beträchtlich gewesen. Der Gäle stürzte sich in den Kampf. Er wußte, daß die Gegner schnell erledigt werden mußten, sollte der Kampflärm nicht Dutzende von Kriegern herbeilocken.

Cormac hatte nur einen Gegner, da die beiden anderen über den Riesen Hrut hergefallen waren. Ein Rundschild lenkte Cormacs ersten heftigen Hieb ab, und das Schwert des Dalriadiers krachte auf seinen Helm herab, drang durch das Metall und das Haar darunter. Doch ehe der Krieger erneut zuschlagen konnte, trennte ihm Cormacs Klinge das linke Bein unter dem Knie ab, und als der Mann zusammensackte, schnitt der nächste Hieb in seinen Hals.

Inzwischen hatte Hrut einen seiner Gegner mit einem bärenstarken Schlag getötet, der den schützenden Schild wie Papier durchdrungen und den Schädel dahinter zerschmettert hatte. Als Cormac sich umdrehte, um ihm zu helfen, sprang der letzte Feind mit der verzweifelten Verwegenheit eines sterbenden Wolfes herbei, und für den Gälen sah es aus, als dringe sein Kurzschwert bis zum Griff in die gewaltige Brust des Dänen. Aber Hrut packte den Skoten mit der Linken um den Hals, stieß ihn von sich und führte einen Hieb, der Brustpanzer und Rippen durchdrang, bis die nun im Rückgrat des Toten verkeilte Klinge brach.

»Bist du schwer verletzt, Hrut?« Schon war Cormac

an seiner Seite und versuchte, dem Dänen das aufgerissene Kettenhemd abzunehmen, um den Blutstrom einzudämmen. Aber Hrut schob ihn von sich.

»Nur ein Kratzer«, sagte er mit belegter Stimme. »Mein Schwert ist gebrochen – beeilen wir uns.«

Cormac warf ihm einen zweifelnden Blick zu, dann drehte er sich um und rannte in die eingeschlagene Richtung weiter. Als er sah, daß Hrut ihm offenbar mühelos folgte und das Gebell der Hunde lauter wurde, beschleunigte Cormac den Schritt, bis sie beide flink durch den dunklen Wald rannten. Schließlich hörten sie das Schlagen der Wellen, und als Hruts Atem schwerer und gequälter kam, erreichten sie das felsige Steilufer, wo die Bäume über das Wasser hingen. Im Norden war verschwommen die Spitze der Landzunge zu sehen, hinter der der *Rabe* lag. Zwischen der Spitze und der Bucht von Ara lagen drei Meilen zerklüftete Küste. Cormac und Hrut waren der Landzungenspitze nur um wenig als die Hälfte näher.

»Von hier aus schwimmen wir«, bestimmte Cormac, »auch wenn es noch eine weite Strecke bis zu Wulfhers Schiff ist. Zum Laufen sind die Klippen hier zu schroff. Aber im Wasser werden wir es schon schaffen, und da können die Hunde uns auch nicht aufspüren. Bei den Göttern – was ist ...«

Hrut war getaumelt und stürzte kopfüber das steile Ufer hinunter. Mit den Händen im Wasser blieb er liegen. Sofort war Cormac bei ihm. Er drehte ihn auf den Rücken, aber das harte Gesicht des Dänen war bereits vom Tod gezeichnet. Cormac riß sein Kettenhemd auf und tastete kurz darunter, dann zog er die Hand zurück. Erstaunt fluchte er über die Ausdauer des Dänen, die es ihm ermöglicht hatte, mit dieser grauenvollen Wunde unter dem Herzen noch fast eine halbe Meile zu laufen. Der Gäle zögerte, doch da war wieder das Bellen der Hunde. Mit einer bitteren Verwünschung schlüpfte er aus Helm und Schuppenpanzer und schließlich den Sandalen. Er rückte den Schwertgürtel zurecht, dann watete er ins Wasser und schwamm mit festen Schlägen los.

In der Dunkelheit vor dem Morgengrauen hörte Wulfher, der auf dem Deck seines Drachenschiffs hin und her stapfte, ein Geräusch, das nicht das Plätschern der Wellen gegen den Schiffsrumpf oder die Klippen war. Er rief den anderen etwas zu, dann trat er an die Reling und spähte hinunter. Marcus und Donal eilten herbei, und schließlich sahen sie eine geisterhafte Gestalt sich aus dem Wasser heben und das Schiff hochklettern. Trotz des Wassers noch blutbefleckt und halb nackt kletterte Cormac über die Reling und rief:

»An die Ruder, Wölfe, und auf die offene See, ehe uns ein halbes Tausend Dalriadier auf den Fersen sitzt. Und nehmt Kurs auf die Shetlandinseln – die Pikten haben Gerinths Schwester dorthin geschafft.«

»Wo ist Hrut?« brummte Wolfher, als Cormac aufs Ruder zuging.

»Schlag einen Messingnagel in den Mast«, knurrte der Gäle. »Gerinth schuldet uns bereits zehn Pfund.«

Die Bitterkeit in seinen Augen strafte seine gefühllosen Worte Lügen.

5.

Marcus schritt auf dem Deck des Drachenschiffs hin und her. Der Wind blähte die Segel, und die langen Eschenruder trieben das schmale Schiff in schneller

Fahrt durch die Fluten, trotzdem schien dem ungeduldigen Briten, als kröchen sie im Schneckentempo dahin.

»Aber warum hat der Pikte sie Atalanta genannt?« rief er und blieb vor Cormac stehen. »Es stimmt, ihre Leibmagd heißt Marcia – aber wie wollen wir wissen, ob die andere bei ihr wirklich Prinzessin Helen ist?«

»Überlegt doch«, entgegnete der Gäle. »Glaubt Ihr denn, die Prinzessin würde ihren Entführern sagen, wer sie tatsächlich ist? Wenn sie wüßten, daß sie Gerinths Schwester ist, würden sie sein halbes Königreich für sie verlangen!«

»Aber was meinte der Pikte mit der Hochzeitsnacht des Mondes?«

Wulfher schaute Cormac an, und der Gäle öffnete bereits den Mund, doch dann warf er einen schnellen Blick auf Marcus und zögerte.

»Sagt es ihm«, forderte Donal ihn auf. »Er muß es schließlich erfahren.«

»Die Pikten verehren seltsame und schreckliche Götter«, erklärte der Gäle, »wie wir Seefahrer nur allzugut wissen, nicht wahr Wulfher?«

»Allerdings«, knurrte der Riese. »Schon so mancher Wikinger ist auf ihren Altären geopfert worden.«

»Eine dieser Gottheiten ist Golka, ihr Mondgott. Dann und wann bringen sie ihm eine gefangengenommene Jungfrau von edler Geburt dar. Auf einer geheimnisvollen einsamen Shetlandinsel haben sie einen schwarzen Altar, umgeben von gewaltigen stehenden Steinen, wie Ihr sie von Stonehenge her kennt. Bei Vollmond wird die Gefangene Golka geopfert.«

Marcus schauderte, und seine Nägel gruben sich in die Handflächen.

»Ihr Götter Roms! Ist so etwas möglich?«

»Rom ist gefallen«, brummte der Schädelspalter. »Seine Götter sind tot. Sie können uns nicht mehr helfen. Aber keine Angst ...« Er hob seine glänzende scharfe Streitaxt, »... das hier wird uns helfen. Ich führe meine Wölfe in den Steinkreis und bringe Golka ein Blutopfer dar, wie er es sich nie geträumt hätte.«

»Segel backbord voraus!« erschallte es plötzlich vom Ausguck auf der Saling. Wulfher wirbelte mit sichtlich gesträubtem Bart herum. Einen Augenblick später war auch von Deck das fremde Langschiff zu sehen.

»Ein Drachenschiff!« fluchte Cormac. »Und es kommt mit voller Kraft von Segel und Rudern herbei! Es will uns den Weg abschneiden, Wulfher.«

Der Riese fluchte, und seine kühlen blauen Augen begannen zu funkeln. Vor Kampfeslust bebte er am ganzen Körper, und seine Stimme dröhnte, als er der Mannschaft begeistert Befehle erteilte.

»Bei Thors Knochen!« wandte er sich an Cormac. »Welche Narren! Aber wir werden es ihnen zeigen!«

Marcus griff nach dem kräftigen Arm des Dänen und riß ihn herum.

»Wir sind nicht hier, um mit jedem Seeräuber zu kämpfen, dem wir begegnen!« rief der junge Brite verärgert. »Euer Auftrag ist, Prinzessin Helen zu finden und heimzubringen! Wir dürfen keine unnötige Gefahr eingehen. Jetzt haben wir wenigstens einen Hinweis, und da wollt Ihr unsere Chancen in den Wind werfen, nur um Eure törichte Kampfeslust zu befriedigen?«

Wulfhers Augen blitzten drohend.

»Das mir auf meinem eigenen Schiff!« donnerte er. »Auch nicht für Gerinth und all sein Gold zeige ich einem Seeräuber mein Heck! Wenn die Burschen einen Kampf wollen, sollen sie ihn auch kriegen!«

»Der Junge hat recht, Wulfher«, sagte Cormac ruhig. »Aber beim Blut der Götter, wir müssen zusehen, daß wir wegkommen, denn das Schiff dort eilt geradewegs auf uns zu, und nach dem Hin und Her auf Deck bereitet man sich auf einen Kampf vor.«

»Fliehen hat keinen Sinn«, brummte Wulfher hörbar zufrieden. »Ich kenne das Schiff – es ist Rudd Thorwalds *Feuermaid,* und er ist seit langem mein erbitterter Feind. Die *Feuermaid* ist so schnell wie der *Rabe,* und würden wir fliehen, hätten wir sie bis zu den Shetlandinseln auf dem Hals. Nein, wir müssen kämpfen!«

»Dann wollen wir es kurz machen!« schnaubte Cormac mit finsterem Gesicht. »Es hat keinen Zweck, sie rammen zu wollen, geh längsseits, dann stürmen wir sie!«

»Ich bin in einer Seeschlacht geboren und habe Drachenschiffe versenkt, lange ehe ich dich kannte!« grollte Wulfher. »Nimm das Ruder.« Er wandte sich an Marcus. »Hast du jemals auf See gekämpft, Junge?«

»Nein, aber wenn ich nicht weiter vordringe, als Ihr mich zu führen vermögt, könnt Ihr mich an Euren Drachenkopf knüpfen«, schnaubte der wütende Brite.

Wulfhers kühle Augen glitzerten vor belustigter Anerkennung, als er sich abwandte.

Zu jener Zeit wurde mit Schiffen noch nicht viel manövriert. Erst später sollten die Wikinger Meister der Seefahrt werden. Die langen niedrigen Drachen der See stürzten geradewegs aufeinander zu, während die Krieger beider sich entlang der Reling aufstellten und brüllend mit den Schwertern auf ihre Schilde schlugen.

Marcus, der sich an die Reling lehnte, blickte auf die wölfischen Krieger neben und unter sich, und dann über die Wellen zu den kampfgierigen, helläugigen und blondbärtigen Wikingern auf dem anderen Langschiff – Jüten waren es, die Erbfeinde der rothaarigen Dänen. Unwillkürlich schauderte der junge Brite beim Anblick der gnadenlosen Wildheit, die dieser Szene anhaftete, doch nicht aus Angst, sondern wie ein Mann, der ein gieriges Wolfsrudel beobachtet, ohne es zu fürchten.

Da sirrten unzählige Bogensehnen, und in einem Todeshagel schwirrten Pfeile durch die Luft. Hier waren die Dänen überlegen, denn sie waren die Bogenschützen der Nordsee. Die Jüten verstanden nicht mehr vom Bogenschießen als ihre Vettern, die Sachsen. Nun sirrten auch Pfeile zum *Raben* herüber, doch die tödliche Treffsicherheit der dänischen erreichten sie bei weitem nicht. Marcus sah auf dem Jütenschiff ganze Reihen von Männern fallen, während der Rest sich hinter die Schilde an der Schiffsseite duckte. Die drei Jüten am Steuerruder fielen, und das lange Ruder schwang in einem weiten Bogen. Das Langschiff kam vom Kurs ab, und ein blonder Riese, von dem Marcus instinktiv wußte, daß es Rudd Thorwald war, sprang zum Steuerruder. Pfeile prallten wie Hagelkörner von seiner Rüstung ab, und dann stießen die beiden Schiffe mit zersplitternden Rudern krachend gegeneinander.

Das Wolfsgebrüll der Wikinger zerriß die Luft, und sogleich herrschte tobendes Chaos. Die Enterhaken verbissen sich im Holz und verbanden Schiff mit Schiff. Schilde drückten gegeneinander, die Doppelreihe wand sich und schwankte, als jede Mannschaft

die andere von der Reling verdrängen wollte, um aufs gegnerische Deck zu gelangen. Marcus, der über die Relings hinweg mit einem wildäugigen Riesen kämpfte, sah über dessen Schulter, wie Rudd Thorwald vom Steuerruder zur Reling rannte. Dann durchstach sein Schwert des Jüten Kehle, und er schwang ein Bein über die Reling. Doch ehe er ins andere Schiff springen konnte, verwickelte ein weiterer heulender Teufel ihn in einen mörderischen Kampf, und nur ein plötzlich über seinen Kopf gestoßener Schild rettete ihm das Leben. Donal, der Barde, war ihm zu Hilfe gekommen.

In Schiffsmitte bahnte Wulfher sich einen Weg durchs Getümmel. Ein mächtiger Schwung seiner Axt verschaffte ihm sofort Platz. Und sogleich war er über der Reling und an Bord der *Feuermaid,* dicht gefolgt von Cormac, Thorfinn, Edric und Snorri. Snorri starb, kaum daß seine Füße das Deck des Jütenschiffs berührt hatten, und eine Sekunde später spaltete eine jütische Streitaxt Edrics Schädel. Doch die Dänen quollen bereits durch die Bresche in der gegnerischen Linie, und einen Augenblick später kämpften die Jüten mit dem Rücken zur Wand.

Auf dem blutgetränkten Deck trafen die beiden Wikingeranführer aufeinander. Wulfhers Axt schlug den Schaft von Rudd Thorwalds Speer entzwei, doch ehe der Däne ein zweites Mal zuschlagen konnte, entriß der Jüte einem Sterbenden das Schwert, und die Schneide drang über den Rippen durch Wulfhers Brustpanzer. In Herzschlagsschnelle färbte des Schädelspalters Rüstung sich rot, aber mit einem Wahnsinnsgebrüll schwang Wulfher seine Axt mit beiden Händen und so ungeheurer Kraft, daß sie Thorwalds

Brustpanzer wie Papier durchdrang und durch das Schlüsselbein in die Wirbelsäule schnitt. Der Führer der Jüten hauchte sein Leben in einem Blutschwall aus, und seine Mannen wichen verzweifelt kämpfend zurück.

Die Dänen brüllten vor wilder Freude. Doch noch war der Kampf nicht zu Ende. Die Jüten wußten, daß die Verlierer einer Seeschlacht kein Erbarmen erwarten konnten, und so kämpften sie erbittert weiter. Marcus bewies seinen Mut im dichtesten Gemenge, mit Donal an seiner Seite. Fast etwas wie Raserei hatte den jungen Briten befallen. Durch die Heftigkeit des Kampfes leicht benommen, bildete er sich momentan ein, diese Jüten wollten ihn von Helen fernhalten. Sie standen ihm im Weg, und während er und seine Kameraden ihre Zeit mit ihnen vergeudeten, benötigte Helen möglicherweise dringend seine Hilfe. Ein roter Dunst flimmerte vor seinen Augen, und sein Schwert wob ein Gespinst des Todes. Ein riesenhafter Jüte zerbeulte ihm mit einem Axthieb den Schild, da schleuderte Marcus ihn von sich und tötete den Gegner mit der anderen Hand.

»Beim Blut der Götter«, keuchte Cormac, »ich habe noch nie gehört, daß Römer zu Berserkern werden, aber ...«

Marcus hatte sich einen Weg über die leichenübersäten Ruderbänke zum Achterdeck erkämpft. Ein Schwert schmetterte auf seinen Helm, als er hochsprang, doch er achtete nicht darauf.

Während er automatisch zustieß, fiel sein Blick auf ein ungewöhnliches Schmuckstück, das von einer feinen Goldkette um den Hals des stiernackigen Jüten hing. Es hob sich von der Rüstung über der breiten

Brust des Mannes ab: ein kleiner Edelstein, ein als Akanthusblatt geschliffener Rubin. Marcus schrie auf wie zu Tode getroffen. Blindlings schlug er zu. Er spürte, wie seine Klinge tief eindrang und die Wucht ihn mitriß, auf seinen Gegner, der mit dem Rücken auf das Achterdeck gestürzt war.

Ohne auf den teuflischen Kampf ringsum zu achten, ließ Marcus sich auf die Knie nieder, riß dem Seeräuber den Edelstein vom Hals und drückte ihn an die Lippen. Dann erst packte er heftig des Jüten Schultern und schüttelte ihn.

»Schnell«, brüllte er in der Sprache der Angeln, die die Jüten verstanden. »Sag mir, ehe ich dir das Herz aus dem Leib reiße, woher du dieses Kleinod hast!«

Die Augen des Jüten begannen sich bereits zu verschleiern. Er war über den Punkt eigenen Handelns hinaus, und als er eine eindringliche Stimme hörte, die ihm Fragen stellte, antwortete er stumpf, und es war ihm kaum bewußt, daß er es tat:

»Von einem der Mädchen, das wir uns ... aus einem ... Piktenboot holten.«

Marcus schüttelte ihn noch heftiger in seiner Verzweiflung. »Was ist mit ihnen? Wo sind sie?«

»Wir ... haben sie ... verkauft«, flüsterte der zusehends schwächer werdende Jüte, »an Thorleif Hordis Sohn in ...«

Sein Kopf fiel zurück, seine Stimme erstarb.

Cormac, der bemerkt hatte, daß sich hier etwas tat, hatte sich aus dem Gemenge gelöst und sich mit Donal über den Sterbenden gebeugt.

Nun blickte Marcus Donal mit schmerzgezeichnetem Gesicht an.

»Schau doch, Donal!« rief er und hielt die Goldkette

mit dem Rubinanhänger hoch. »Siehst du es? Es gehört Helen. Ich habe es ihr geschenkt! Sie und Marcia waren auf diesem Schiff – aber jetzt ... Wer ist dieser Thorleif Hordis Sohn?«

»Er ist bekannt«, warf Cormac ein. »Er ist ein norwegischer Wikinger, der sich in den Hebriden niedergelassen hat. Seid guten Mutes, junger Herr. Helen ist in den Händen der Wikinger weit besser aufgehoben als in denen der wilden Pikten von Hjaltland.«

»Aber wir dürfen keine Zeit mehr verlieren!« rief Marcus. »Dieses Wissen ist ein Geschenk der Götter. Wenn wir zögern, folgen wir vielleicht wieder einer kalten Spur!«

Wulfher und seine Dänen hatten bereits Mittelschiff und Achterdeck in der Hand, doch am Bug leisteten die restlichen Jüten noch verzweifelten Widerstand. Zu jener Zeit kannte man in einer Seeschlacht keine Gnade. Wäre den Jüten der Sieg beschieden gewesen, hätten sie keinen verschont, aber sie erwarteten auch kein Erbarmen.

Cormac ging durch die Kuhl, wo Tote und Sterbende zuhauf lagen, und bahnte sich dann einen Weg durch die brüllenden Dänen zu Wulfher, der seine Axt schwang. Gewaltsam riß er den Schädelspalter von seinem Opfer los und zu sich herum.

»Genug, alter Wolf«, knurrte er. »Wir haben gesiegt; Rudd Thorwald ist tot. Willst du deinen Stahl an diesen elenden Burschen vergeuden?«

»Ich verlasse dieses Schiff erst, wenn kein Jüte hier mehr lebt!« donnerte der Däne im Kampfrausch. Cormac lachte grimmig.

»Laßt es gut sein! Wir haben Wichtigeres vor. Diese Jüten würden uns nur noch mehr Blut kosten, ehe sie alle ihr Leben aushauchen. Wir aber brauchen jeden Mann. Wir haben gerade von einem sterbenden Jüten erfahren, daß die Prinzessin sich in der Halle von Thorleif Hordis Sohn in den Hebriden befindet.«

Wulfhers Bart sträubte sich vor wilder Freude. So zahlreich waren seine Feinde, daß es kaum einen anderen Wikinger gab, mit dem er nicht in Fehde lag.

»Wenn es so ist ... He, Wölfe, mögen diese restlichen Seeratten ertrinken oder schwimmen, wie sie wollen. Wir machen uns auf und zünden Thorleif das Dach über dem Kopf an!«

Langsam, mit Hilfe von Verwünschungen und Schlägen trennte er seine Dänen von den Gegnern und trieb sie über die Reling aufs eigene Schiff zurück. Die blutenden, kampferschöpften Jüten blickten ihnen nach und stützten sich in stumpfem Schweigen auf ihre blutigen Waffen. Die Verluste waren gewaltig, vor allem für die Jüten. Vom Heck zum Bug der *Feuermaid* lagen Tote in ihrem Blut.

»He, ihr Ratten«, brüllte Wulfher, als seine Mannen das Schiff losmachten und die Ruder des *Raben* im Takt zu schlagen begannen. »Ich laß euch euer blutbesudeltes Schiff und das Aas, das Rudd Thorwald war. Macht das Beste daraus, und dankt den Göttern, daß ich euer Leben verschont habe!«

Die Besiegten hörten ihm in stumpfem Schweigen zu und antworteten lediglich mit grimmigen Gesichtern – nur einer nicht: ein hagerer wölfischer Krieger, der eine schartige, blutige Axt hob und brüllte: »Vielleicht wirst du eines Tages bei den Göttern fluchen, Schädelspalter, weil du Halfgar Wolfszahn am Leben gelassen hast!«

Wahrhaftig sollte Wulfher sich später noch zur Genüge an diesen Namen erinnern, doch im Augenblick lachte der riesenhafte Däne schallend. Cormac jedoch runzelte die Stirn.

»Es ist töricht, Besiegte zu verhöhnen, Wulfher«, sagte er. »Aber du hast da quer über den Rippen einen häßlichen Schnitt. Laß mich danach sehen.«

Marcus wandte sich mit dem Kleinod ab, das Helen getragen hatte. Die Nachwirkungen seines Wahnsinnskampfes begannen sich jetzt bemerkbar zu machen. Er war müde und benommen und erkannte nun, welch fremdartige und erschreckende Seiten seines Wesens ihm offenbart worden waren. Ein paar Minuten wilden Kampfes an Deck eines Seeräubers hatten genügt, den Abgrund von drei Jahrhunderten zu überbrücken. Kühle Überlegenheit im Kampf, die die Römer seinen Vorvätern eingedrillt und die sie an ihn weitergegeben hatten, war im Augenblick von der alten keltischen Wut verdrängt worden, die selbst Cäsar an den ceantischen Ufern zum Schwanken gebracht hatte. Eine kurze Weile des Wahnsinns war er eins mit diesen Wilden um sich gewesen. Die Schatten Roms verblaßten. Kehrte er auch, wie alle anderen, zum Urwesen seiner britischen Vorfahren zurück, die an Wildheit Wulfher dem Schädelspalter in nichts nachgestanden hatten?

6.

»Von hier ist es nicht weit nach Kaldjorn, wo Thorleif Hordis Sohn sich seine Heimstatt gebaut hat.« Cormac blickte abwesend auf den Mast, wo nun sechzehn Messingnägel schimmerten.

Die Norweger ließen sich bereits auf den Hebriden, den Orkneys und den Shetlandinseln nieder. Später sollten hier dauerhafte Siedlungen entstehen, einstweilen jedoch waren diese Niederlassungen lediglich Seeräuberlager.

»Die Sudejarinseln liegen östlich, knapp hinter dem Horizont«, fuhr Cormac fort. »Wir müssen uns wieder einer List bedienen. Thorleif Hordis Sohn hat vier Langschiffe und gut dreihundert Männer. Wir haben nur ein Schiff und nicht einmal achtzig Mann. Wir können nicht einfach an Land gehen und Thorleifs *Skalli* anzünden, wie Wulfher es gern hätte, und einen Schatz wie Prinzessin Helen wird er bestimmt nicht ohne Kampf herausrücken.

Hört meinen Plan: Thorleifs *Skalli* ist an der Ostseite der Insel Kaldjorn, die glücklicherweise klein ist. Wir werden uns im Schutz der Dunkelheit der Westküste nähern. Dort sind die Klippen hoch, und unser Schiff dürfte da eine Weile unentdeckt liegen, denn Thorleifs Leute haben kaum einen Grund, sich im Westteil der Insel herumzutreiben. Ich werde dort an Land gehen und versuchen, die Prinzessin zu befreien.«

Wulfher lachte. »Die Norweger wirst du nicht so leicht täuschen können wir die Skoten. Schon allein dein Haar wird dich ihnen als Gälen verraten, und sie werden dir den Blutadler in den Rücken prägen!«

»Ich werde mich wie eine Schlange zwischen sie schleichen, und sie werden mich überhaupt nicht bemerken«, entgegnete der Gäle. »Wenn es um Schläue geht, ist der Nordmann schwerfällig und leicht zu täuschen.«

»Ich begleite Euch«, warf Marcus ein. »Diesmal lasse ich mich nicht abweisen.«

»Während ich an der Westküste der Insel Däumchen drehen muß«, grollte Wulfher.

»Wartet!« rief Donal. »Ich habe einen besseren Plan, Cormac.«

»So sprecht!« forderte der Gäle ihn auf.

»Wir werden Thorleif Hordis Sohn die Prinzessin abkaufen. Wulfher, wieviel Beute habt Ihr an Bord?«

»Wahrscheinlich genug, um eine Edelfrau auszulösen«, brummte der Däne, »aber nicht genug für Gerinths Schwester – dazu brauchten wir den Reichtum eines halben Königreichs. Außerdem ist Thorleif mein Todfeind, dem mein Kopf auf einem Speer vor seiner Tür bestimmt lieber ist als alles Gold Gerinths in seinen Truhen.«

»Thorleif braucht ja nicht zu wissen, daß dies Euer Schiff ist«, meinte Donal. »Und er ahnt auch sicher nicht, daß seine Gefangene Prinzessin Helen ist. Für ihn ist sie die Lady Atalanta, nichts weiter. Also hört meinen Plan: Ihr, Wulfher, verändert Euer Aussehen ein bißchen und mischt Euch unter Eure Mannen, während Euer Stellvertreter Thorfinn sich als Anführer ausgibt. Marcus übernimmt die Rolle von Atalantas Bruder, und ich die ihres Mentors. Wir behaupten, wir seien gekommen, sie um jeden Preis auszulösen, und hätten uns der Hilfe eines Wikingerschiffs versichert, da wir Briten keine Schiffe mehr hätten und auch keine Männer von den Grenzen abziehen könnten.«

»Das wird eine Menge kosten!« brummte Wulfher. »Thorleif ist ebenso gerissen wie habgierig. Er wird den Preis hochtreiben.«

»Soll er. Gerinth wird Euch alles zurückbezahlen, selbst wenn Ihr die gesamte Ladung geben müßt. Der König hat mich in dieser Sache als seinen Stellvertreter mitgeschickt, und ich bürge mit meinem Kopf für jegliches Versprechen, das ich in seinem Namen gebe – er wird es halten!«

»Ich zweifle nicht an Eurer und Gerinths Ehrlichkeit«, brummte Wulfher, »doch dieser Plan mißfällt mir. Viel lieber würde ich wie ein Donnerschlag mit Pfeilhagel und scharfem Stahl über Thorleifs *Skálli* herfallen.«

»Genau wie ich«, versicherte ihm Cormac. »Doch da wir ja Prinzessin Helen befreien wollen, ist Donals Plan vorzuziehen. Thorleif hat mindestens dreimal so viele Männer wie wir, und selbst wenn es uns gelänge, einen Überraschungssieg zu erringen, könnte die Prinzessin möglicherweise dabei umkommen. Donals Plan ist wirklich gut. Thorleif würde uns mit Stahl begegnen, wüßte er, wer seine Gefangene ist, aber glücklicherweise hält er sie nur für eine Edelfrau der Briten, und für sie wird er sicher lieber eine Schiffsladung voll Beute nehmen, als seine Schiffe und Männer in einem Kampf aufs Spiel zu setzen. Und wenn Donals Plan fehlschlägt, können wir immer noch meinen versuchen.«

»Nun«, gab Wulfher zu, »an Donals Weisheit besteht kein Zweifel. Aber ich werde mit der Mannschaft auf dem Schiff bleiben, während Thorfinn, Marcus und Donal versuchen, Gerinths Schwester auszulösen, damit ich nicht unnötige Gefahr heraufbeschwöre, denn ich habe mein Wort gegeben, daß ich Thorleif Hordis Sohns betrügerisches Gesicht bis zum Kinn spalte, wenn ich ihm wieder begegne.«

»Ich aber werde mitkommen«, sagte Cormac. »Durch meinen Bart wird er mich sicher nicht erkennen.«

»Wahrscheinlich nicht«, brummte der Däne. »Er hat dich ja nur flüchtig gesehen, und das während einer Seeschlacht. Auf jeden Fall aber werde ich die Mannschaft einsatzbereit halten, falls etwas schiefgehen sollte. Steuermann!« brüllte er. »Kurs aufs Festland! Wir brauchen erst einen Tag, unsere Wunden zu versorgen und Vorräte zu laden, ehe wir zu den Hebriden aufbrechen.«

Als das Schiff auf die zerklüftete Küste zufuhr, erspähte nicht einer der scharfäugigen Besatzung das Schiff der besiegten Jüten, das kaum noch genug Männer zu seiner Bedienung hatte, deren wenige jedoch eifrig rudernd dem geblähten Segel nachhalfen und das im Nordosten am Horizont der grauen See kaum mehr als ein Punkt war ...

... Und erst recht nicht das kleine dunkle Langschiff, das höchstens der scharfäugigste Ausguck hätte sehen können. Es war voll kleiner dunkler Männer mit Bogen, Pfeilen mit Steinspitzen und wachsamen Augen mit grimmiger Entschlossenheit.

Ein kalter feiner Nieselregen kühlte die Luft und ließ die Felsen am Strand vor Thorleif Hordis Sohns *Skalli* schimmern, als wären sie mit Schlick überzogen. Durch die bewegten Nebelschwaden hindurch wirkten die Kiefern und Fichten wie Minarette in einem Dunstmeer. Vier Langschiffe waren auf den Strand hochgezogen, und ein fünftes lag weiter unten, mit dem vorderen Teil des Kiels im Sand. Eine große Schar rotbärtiger Männer in Kettenhemden und gehörnten Helmen, mit Speeren und Bogen sowie Schilden stand in der Nähe. Eine Palisadenwand erstreckte sich am oberen Strandende, und darüber erhob sich der Rauch aus dem *Skalli* Thorleifs und den kleineren Behausungen seiner Männer. Vor dem breiten Tor des Palisadenzauns hatten sich über hundert blonde Wikinger versammelt, die ähnlich wie jene am abseits liegenden Schiff gerüstet und bewaffnet waren. Zwischen den zwei großen Kriegerscharen, in einiger Entfernung von beiden, standen zwei kleinere Gruppen von Männern einander gegenüber.

»Schafft euer Beutegut herbei«, brummte Thorleif Hordis Sohn. »Um Lady Atalanta zu bekommen, braucht ihr aber eine große Menge. Bei Odin, sie ist eine Augenweide, und ich hatte eigentlich vor, sie zu einer meiner Bräute zu machen.«

Cormac musterte den mächtigen Wikingerführer. Thorleif war ein wahrer Riese, größer noch als Wulfher. Sein Gesicht wies zahllose Narben auf, und seine zerfurchten Züge verrieten Grausamkeit. Der blonde Bart wirkte wie gescheitelt, wo das helle Fleisch einer Narbe ihn durchzog. Cormac hoffte, daß der Mann sich nicht erinnerte, wer ihm diese Wunde in der Schlacht zugefügt hatte. Aber offenbar machte der inzwischen üppige dunkle Bart des Gälen ihn unkenntlich, denn Thorleif hatte seit Beginn der Unterhaltung noch keinen mißtrauischen Blick auf ihn geworfen.

»Was bedeutet Euch ein Mädchen«, sagte Cormac, »selbst eins von edler Geburt, wenn Ihr statt seiner eine Ladung von Kostbarkeiten bekommen könnt? Bringt die Dame herbei, und wir legen Euch das Gold zu Füßen.«

»Erst das Gold«, knurrte Thorleif. »Wenn es nicht genug ist, behalte ich sie.«

»Wer würde mehr bezahlen als ihr eigener Bruder?«

gab Donal zu bedenken. »Eure Raubzüge bringen Euch Weiber genug, selbst solche von hohem Geblüt. Der Preis, den Euch der edle Marcus, Atalantas Bruder, bietet, ist dagegen weit höher, als irgendein anderer bezahlen würde, wie Ihr sicher wißt.«

»Ja«, warf Marcus ein, »und wenn Ihr dieses großzügige Angebot nicht annehmen wollt, werde ich eine größere Summe ausgeben und mit einer Flotte zurückkehren, die diese Insel von euch Piraten säubern wird. Bei Christus, als Rom noch herrschte ...«

Thorleif lachte. Cormac legte beruhigend eine Hand auf Marcus' Schulter.

»Rom ist nicht mehr!« donnerte der Wikinger. »Und nicht einmal in seiner Blüte reichte seine Macht bis zu diesen Inseln. Aber Ihr seid ein hitzköpfiger junger Mann. Wenn Ihr mit einer Armee hättet kommen können, warum seid Ihr dann jetzt nur mit diesen dänischen Seeräubern gereist? Pah! Bringt Euer Gold hierher, dann erst entscheide ich, ob es für Lady Atalanta und ihre Leibmagd ausreicht.«

Cormac winkte den Dänen am Strand zu. Ein Dutzend von ihnen luden sich Beutel auf und stapften damit zu den Verhandelnden.

»Paßt auf, daß es keine Falle ist«, grollte einer von Thorleifs Männern, ein hagerer, harter Seewolf. »Wir sind hier bloß zwanzig, und mit ihren zwölf, die jetzt herankommen, werden sie in der Überzahl sein.«

»Nun denn ...« Thorleif hob eine Hand, und zwanzig Krieger lösten sich von denen am Tor. Sie schritten den Strand herunter, um sich den anderen zwanzig um Thorleif anzuschließen. Argwohn regte sich in Cormac. Da wandte Thorleif sich an den Dänen Thorfinn. »Ich kenne dein Schiff, den *Raben* – er hat meinem Feind Wulfher Hausakluifr gehört. Wie bist du in seinen Besitz gekommen?«

»Wulfher war mein Kapitän«, antwortete Thorfinn, »aber er hat mich beleidigt, und ich habe ihm im Zweikampf den Schädel gespalten.«

Das Dutzend Männer vom Dänenschiff hatten die kleine Gruppe erreicht. Sie setzten ihre Last vor ihr auf dem Sand ab. Messer schlitzten die prallen Stoffsäcke auf. Schätze aus Gold und Edelsteinen quollen nur so auf den Sand.

»Dieses Lösegeld wäre einer Prinzessin würdig«, sagte Donal, »nicht bloß einer hochgestellten Dame. Gebt uns Atalanta, und wir werden uns in Frieden trennen.«

Die Augen von Thorleif Hordis Sohn leuchteten bei solchem Reichtum auf. »So sei es«, brummte er, und Cormac entspannte sich ein wenig. Die zwanzig Mann, die vom Tor herbeigekommen waren, hatten Thorleifs Gruppe jetzt erreicht, und der Gäle sah nun eine Frau von großer Schönheit in ihrer Mitte. Das konnte nur Prinzessin Helen sein. Auf den zweiten Blick bemerkte er, wie zerrissen ihr weißes Gewand war, wie zerzaust ihr schwarzes Haar, von welcher Qual ihre feinen Züge gezeichnet waren. In ihren dunklen Augen brannte ein hoffnungsloses Sehnen, ein stummes Flehen, das sich in Resignation verlor.

»Helen!«

Bei Marcus' ungewolltem Aufschrei blickte das Mädchen hoch. Sofort wich der Ausdruck hoffnungsloser Apathie unbeschreiblicher Freude. Ehe ihre Wächter sie aufzuhalten vermochten, rannte sie zu der gegenüberstehenden Gruppe und warf sich in die Arme ihres Liebsten.

»Marcus – o Marcus, hilf mir!« rief sie. »Sie haben Marcia gefoltert – o Gott! Sie haben sie gezwungen, alles zu gestehen, und dann haben sie sie getötet – und sie wollen euch töten. Flieh, Marcus – flieh! Es ist eine Falle!«

Plötzlich, doch zu spät, erkannte Cormac, daß die Männer, die sich Thorleifs Gruppe angeschlossen hatten, keine Norweger waren, sondern – Jüten! Als vorderster stand Halfgar Wolfszahn – und nun wußte er, daß die zwanzig Mann die Überlebenden der *Feuermaid* waren.

»Dummköpfe!« Thorleif lachte höhnisch. »Ich habe von Anfang an, als ihr zu feilschen begonnen habt, gewußt, wer ihr seid. Diese jütischen Wölfe, sind Tag und Nacht gerudert, um vor euch hier anzukommen, denn einer ihrer Verwundeten hörte, was Marcus von dem Sterbenden erfuhr. Ja, es ist die Prinzessin Helen, die Schwester Gerinths, die ihr von uns haben wollt – leugnet es nicht, denn Halfgar und ich erfuhren es von ihrer Leibmagd Marcia, ehe sie unter der Folter starb. Und du wirst ebenfalls sterben, Cormac Mac Art, genau wie dein törichter Freund, der sich zweifellos unter seinen rotbärtigen Männern am Langschiff verbirgt. Alles wird mir gehören! Eure Schätze, euer Langschiff, Prinzessin Helen – und Wulfhers Kopf!«

Marcus, der nur halb verstand, was gesprochen wurde, blickte in Helens tränenüberströmtem Gesicht hoch, und ihm wurde klar, daß Thorleif und Halfgar es gewesen waren, die das Mädchen über alle Maßen gequält hatten. Mit einem wilden Schrei riß er das Schwert aus der Scheide und drang auf Thorleif ein. Der Wikinger lachte, während er sein Schwert zog und die wütenden Hiebe des jungen Briten abwehrte.

»Du Teufel!« schrie Marcus. »Ich werde dir das Herz aufspießen ...«

Wieder lachte Thorleif, als seine Klinge Marcus' Hieb erneut abwehrte und das Schwert des jungen Mannes wie Glas zersprang. Mit einer Wut, die der berserkerhaften des Norwegers gleichkam, sprang er den Wikinger an, und nur Cormacs Schwert, das die pfeifende Klinge Thorleifs aufhielt, bewahrte den Briten vor einem gespaltenen Schädel, doch dabei brach auch des Gälen Schwert. Da sprang Marcus vor, und seine Finger schlossen sich um Thorleifs Kehle. Der bärenstarke Wikinger keuchte, als die Hände des jungen Mannes in seiner Kraft der Verzweiflung ihm den Hals zuschnürten. Er versuchte aufzuschreien, doch dazu bekam er keine Luft mehr. Er ließ sein Schwert fallen, das ihm aus dieser Nähe nichts mehr nutzte, und schlug mit den gewaltigen Fäusten auf den Brustkorb des Briten ein, bis Marcus halb bewußtlos zurückwich, ohne jedoch den Hals des Wikingers loszulassen ...

Die Nordmänner stürmten herbeis, und Cormac, der Marcus vor dem stiergleichen Thorleif retten wollte, wurde zurückgedrängt. Ein rasender blonder Krieger schwang die Axt nach ihm. Cormacs Schild wehrte sie ab, doch mit seinem gebrochenen Schwert konnte er nicht zurückschlagen. Aber als der Wikinger die Axt zu einem weiteren Schlag hob, stieß Donals Klinge zu und bohrte sich in die Glieder des Kettenhemds, worauf der Gegner wie ein gefällter Baum stürzte. Cormac sah einen jütischen Krieger einem tollwütigen Wolf gleich auf Donal zuspringen. Da warf er sich dazwischen und streckte seinen verbeulten Schild zwischen Donal und des Jüten Streitaxt. Die herabsausende

Waffe schmetterte durch den erhobenen Schild, und Cormac schrie unwillkürlich auf, als heftiger Schmerz seinen linken Arm durchzuckte. Da schwang des Barden Klinge in silbrigem Bogen herum, der Jüte fiel, am Kopf getroffen, und sein begonnener Kampfruf wurde zu verstummendem Gurgeln.

Kampfgebrüll und das Klirren von Stahl füllte die Luft. Cormac erhob sich taumelnd, während die Schlacht um ihn tobte. Seine Rechte hielt das gebrochene Schwert, sein Schild hing zerschmettert vom blutenden linken Arm. Im Gemenge sah er Thorleif Hordis Sohn gegen Wulfhers Stellvertreter Thorfinn kämpfen, der sich wacker hielt, während Marcus versuchte, mit der halb ohnmächtigen Helen davonzukriechen. Noch während Cormac zusah, schlitzte ein sterbender Jüte mit einem Messer Thorfinns Fußgelenk auf. Der Däne stürzte, und im gleichen Augenblick sauste Thorleifs Klinge herab und zerschmetterte seinen Schädel. Donal focht mit einem hageren Wikinger, der Thorleifs rechte Hand war. In diesem Moment bemerkte Cormac mit Entsetzen, wie Thorleif Hordis Sohn Anstalten machte, den wehrlosen Marcus zu zerstückeln, während dieser sich bemühte, Helen in Sicherheit zu bringen. Ohne zu überlegen, brüllte Cormac auf und stürmte auf den Wikinger los. Thorleif wirbelte herum. Als er sah, wie der Gäle sich mit gebrochener Klinge und zerschmettertem Schild auf ihn stürzen wollte, lachte er laut und schwang sein Schwert zum Todesstreich ...

Cormac duckte sich gerade noch rechtzeitig unter der pfeifenden Klinge. Da glitt sein Fuß auf einem Schlammfleck aus, und er fiel auf den Rücken. Thorleif hob die Klinge, um mit ihm Schluß zu machen – doch als sie herabsauste, schmetterte sie auf einen Schild, und plötzlich starrte er in die funkelnden Augen von Wulfher dem Schädelspalter.

»Nur los!« brüllte der Däne. »Versuch es doch mal mit einem bewaffneten, unverletzten Krieger, du Mörder wehrloser Frauen und Ausgeburt von Helheim!«

Cormac schwankte auf die Beine und beeilte sich, Marcus zur Hilfe zu kommen. Ein Nordmann versuchte ihn aufzuhalten, doch wie eine Katze schnellte Cormac sich unter dem Hieb hoch, und der Stummel seines Schwertes drang dem Angreifer in den Hals.

Thorleif Hordis Sohn brüllte vor Wut. Mit aller Kraft sauste sein Schwert herbei. Es krachte klirrend gegen den Rand von Wulfhers gehörntem Helm, daß die Funken sprühten. Halbbetäubt taumelte der Däne rückwärts, und Thorleif sprang ihm nach, um ihm den Todesstoß zu versetzen. Aber Wulfher, der sich wieder fing, brüllte und schwang die Axt. Ihre Schneide drang unter des Norwegers Schild durch die Kettenrüstung ins Fleisch. Wutentbrannt antwortete Thorleif mit einem Hieb, der Wulfhers Schild zerschmetterte – aber der Däne, der wie ein verwundeter Bär brüllte, ließ seine Axt herabkrachen, daß sie des Nordmanns Helm durchschnitt und den Schädel durchdrang. Leblos stürzte Thorleif zu Boden.

Wie ein stählerner Mahlstrom tobte die Schlacht, als die Dänen vom Langschiff herbeistürmten, um sich auf die Feinde zu stürzen, die vom Tor herbeirannten. Cormac eilte zu Marcus, der mit Donals Hilfe die Prinzessin beschützte.

»Zurück zum Schiff!« schrie Cormac. »Laßt den Schatz und vergeßt eure Blutfehde! Schützt die Prinzessin!«

Die Dänen hielten im Rückzug kurz an, um ihre Bogen zu spannen. Wenigstens zwanzig Nordmänner fielen im Pfeilhagel, was die Übermacht des Gegners ein wenig verringerte – aber der Rest stürmte weiter. Halfgar und seine Jüten hatten sich ein Stück zurückgezogen, doch nun, mit ihren norwegischen Verbündeten im Rücken, drangen sie mit wildem Schlachtgebrüll wieder vorwärts.

Erneut krachten die Gegner aufeinander. Blitzende Klingen führten tödliche Stöße aus, und in Augenblikken waren die Steine am Strand glitschig von Blut, während die Dänen in verzweifelter Wut, die kein Erbarmen kannte und keines erwartete, gegen Jüten und Nordmänner kämpften. Halfgar erschlug mit mächtigem Axthieb einen Dänen, dann sprang er auf Donal zu, der die verstörte Prinzessin beschützte. Donal war ein guter Fechter, aber gegen die Berserkerwut des Jüten kam er nicht an. Die Wucht von Halfgars Hieb gegen seinen Schild, den er gerade noch rechtzeitig hochschwingen konnte, zwang ihn in die Knie. Der Jütenführer hob die Axt zum Todesstreich.

Cormac, dessen Schwert und Schild in dieser Lage nutzlos waren, duckte sich zum Sprung, um Halfgar mit boßen Händen anzugreifen – doch verzweifelt erkannte er, daß er zu weit entfernt war, um den Hieb abzuwehren, der Donal töten würde. Doch da warf sich mit Wutgebrüll eine Gestalt gegen den Jüten, daß beide um sich schlagend zu Boden gingen. Es war Marcus, zwar unbewaffnet, doch mit der Wut des Berserkers, die der eines Wikingers in nichts nachstand.

Cormac duckte sich unter einem pfeifenden Schwert, sprang vor und stach mit seinem Dolch zu. Die Klinge brach – doch erst nachdem sie durch die

Rüstung gedrungen und sich tief in des Wikingers Herz gebohrt hatte.

Hastig nach Schwert und Schild des Gefallenen greifend, sprang Cormac zu Marcus und Halfgar. Der junge Brite war durch seine Wunden geschwächt, und seine Kraft hielt nicht mit seiner Wut Schritt. Gerade als Cormac herbeikam, brach Halfgar die verzweifelte Umklammerung seines Gegners und schmetterte ihm den Schildbuckel ins Gesicht. Als er die Hände um die Axt legte, um Marcus zu erschlagen, fiel des Jüten Blick auf etwas funkelndes Rotes zu seinen Füßen. Es war der Anhänger der Prinzessin Helen. Die feine Kette, an der Marcus ihn um den Hals getragen hatte, war beim Kampf gerissen. Halfgar bückte sich schnell, hob ihn auf und wickelte die Kette um den Axtgürtel. Dieser Augenblick der Habgier genügte Cormac, um heranzukommen und Marcus vor dem Axthieb zu bewahren. Als der Jüte hochblickte, fiel der Gäle bereits wie ein Wirbelsturm über ihn her. Instinktiv hob er die Axt, um Cormacs wütenden Hieb abzuwehren. Das Schwert schnitt durch den Schaft, daß die Axtklinge durch die Luft flog, und zersplitterte am Eisenhelm. Das stabile Metall des Helms schützte Halfgars Schädel, aber die Wucht von Cormacs Hieb warf den Jüten bewußtlos zu Boden.

»Zurück zum Schiff!« brüllte Cormac. »Und ein paar Mann hierher zu Prinz Marcus!«

Donal rannte herbei und mit ihm Prinzessin Helen. Ihr Gesicht war blaß, und Tränen glänzten in ihren Augen, aber ihre Sorge um Marcus war stärker als ihre Furcht. Ohne auf Cormacs verwirrte Verwünschungen zu achten, half sie dem Barden, den betäubten Briten hochzuheben und in Sicherheit zu schleppen.

Die Jüten und Norweger, deren Kampfeslust etwas nachgelassen hatte, nachdem ihre beiden Führer gefallen waren, sahen nun mit neuer Wut, daß die Dänen sich zu ihrem Schiff zurückzogen und die britische Edle mit sich nahmen, und stürmten hinter ihnen her. Doch da, wie als Antwort auf ein Signal, erschallte das Kriegsgeheul einer mächtigen Horde vom fernen Ende des Strandes, jenseits des *Raben* – aus dem Wald brach eine gewaltige Schar Nordmänner von größerer Zahl als die gegnerischen Gruppen zusammengenommen.

»Wir sitzen in der Falle!« tobte Cormac. »Zum Schiff!«

»*Wotan!*« Wulfher zerschmetterte einem Nordmann den Schädel mit einem gewaltigen Axthieb. »Laßt eure Klingen Blut trinken, Söhne Dänemarks!«

Doch als die Dänen den Bug ihres halb auf dem Strand liegenden Schiffes erreichten, sah Cormac, daß es zu spät war. Sie kamen gerade noch dazu, in dichten Reihen einen Schildwall um den Bug zu formen, als Thorleifs Männer von beiden Seiten wie eine Sturmflut herbeibrandeten. Die Dänen fochten in ihrer Kampfeswut wie die Riesen beim Ragnarök, und für jeden von ihnen fielen zwei Feinde. Doch Cormac, der wie ein Besessener kämpfte, wußte, daß die Übermacht zu groß war. Ihre Feinde waren gut dreimal so viele wie sie, und die Neuhinzugekommenen waren noch ausgeruht. Aus dieser Nähe nutzte den Dänen weder ihre überlegene Schießkunst, noch konnten sie in dem Getümmel die Seiten ihres Schiffes hochklettern ...

Plötzlich erbebte der Himmel unter einem Wutgeheul – ein auf und ab schwellender Schrei aus tausend Kehlen – und ein Pfeilhagel von allen Seiten verdunkelte den bereits düsteren Himmel. Hölzerne Pfeilschäfte prasselten, teils zersplitternd, auf die Rüstung der Dänen, Jüten und Norweger gleichermaßen. Cormac sah einen von Wulfhers Männern taumeln, aus seinem Hals ragte eine steinerne Pfeilspitze. Ein blonder Nordmann stolperte und fiel, ein ähnlicher Pfeil war in sein rechtes Auge gedrungen. Die meisten der Pfeile, die ein Ziel fanden, prallten, ohne Schaden anzurichten, von den Schilden oder Rüstungen ab, aber allzu viele der Tausenden drangen in ungeschütztes Fleisch.

Die Nordmänner und Jüten wirbelten zu diesem neuen Feind herum, und Cormac, der sich anstrengen mußte, um über die Köpfe seiner Gegner zu blicken, sah, wie aus beiden Richtungen den Strand entlang dicht gedrängte dunkle Gestalten herbeirannten – Pikten! Der Pfeilhagel ließ nun nach, und die dunklen Gestalten warfen sich mit blutrünstigem Geheul auf die hinteren Reihen der Nordmänner.

»Ins Schiff!« schrie Cormac, als der Druck durch die Gegner nachließ. »Von dort können wir sowohl Pikten wie Nordmänner mit Pfeilhagel abwehren, wenn es nötig ist.«

Unbehindert von den Nordmännern, die sich dem wilden Angriff der Pikten zugewandt hatten, konnten die Dänen auf ihr Schiff klettern, doch nun prasselte ein Pfeilregen aufs Deck. Donal und Cormac, die Helen mit ihren erbeuteten Schilden geschützt hatten, brachten die Prinzessin trotz ihrer Proteste, da sie sich Sorgen um Marcus machte, in den Laderaum. Wulfher half, den verwundeten Prinzen an Bord zu heben und ihn in Sicherheit zu bringen.

»Ein Schwert!« keuchte der halbbewußtlose junge

Mann. »Gebt mir ein Schwert, damit ich den verdammten Jüten töte, der die Leibmagd meiner Lady vor ihren Augen folterte!«

»Ich glaube, daß Halfgar tot ist«, sagte der Däne sanft, und Bewunderung für den Mut des jungen Briten rührte sich in seiner wilden Seele. »Ich habe gesehen, wie Cormac ihm einen Schlag auf den Helm versetzte und der Kerl zu Boden ging.«

»Dann starb er einen zu raschen Tod!« rief Marcus und wollte sich erheben, aber Wulfher drückte ihn sanft aber fest aufs Deck.

Die überlebenden Dänen waren nun alle an Bord und bezogen mit ihren Bogen Stellung hinter den Schildreihen entlang beider Schiffsseiten. Aber der Bug lag noch auf dem Strand fest, und sie konnten nicht davonrudern. Die Nordmänner am Strand hatten sich von der Überraschung des unerwarteten Überfalls durch die Pikten erholt. Sie schlossen ihre Reihen und zogen sich langsam zu den Palisaden zurück, wo die dunklen Krieger bereits durch das offene Tor schwärmten. Nur in Felle gekleidet und mit Waffen aus Stein und Bronze warfen sich die Pikten wutbrüllend gegen die Phalanx der sich zurückziehenden gerüsteten und mit stählernen Klingen bewaffneten Nordmänner; offenbar waren sie durchaus gewillt, drei bis vier Feinde mit in den Tod zu nehmen. Da stieg hinter den Palisaden Rauch auf. Die Wikinger brüllten vor Schrecken auf, als ihnen klar wurde, daß ihre Hütten und Lagerhäuser brannten. Die Phalanx schwankte und löste sich schließlich auf, als die Nordmänner rasend vor Wut auf ihre *Skalli* zurannten und jeden der halbnackten Krieger niederschlugen, der sich ihnen dabei in den Weg stellte, während die

Hauptmacht der Pikten sie durch das Tor ins Fort verfolgte.

Andere Pikten versuchten, das Langschiff zu stürmen, aber der Pfeilregen von Wulfhers Männern trieb sie zurück. Die dunklen Krieger zogen sich zum Waldrand zurück. Die Dänen erwarteten einen neuen Angriff, als dieser Gegner sich dort sammelte, aber er kam nicht. Statt dessen hoben die Pikten eine weiße Fahne, und gleich darauf schritten sechs ihrer Krieger den Strand entlang und hielten vor dem Bug des Langschiffs an. Aus ihrer Mitte hob sich ein greiser Mann ab. Er war hager, aufrechter Haltung und trug einen Umhang aus Wolfsfellen, der barbarisch mit Vogel- und anderen Tierköpfen verziert war.

»Was wollt Ihr?« fragte Cormac in der Sprache der Pikten.

»Ich bin Gonar, der Hohepriester des Piktentums.« Die Stimme des Greises war zwar hoch, doch wohlklingend und fest. »Gebt uns die Mondmaid, die uns die Jüten raubten, denn sie ist unser Opfer für Golka. Wenn nicht, stecken wir Euer Schiff mit Feuerpfeilen in Brand.«

»Hier ist keine Mondmaid«, entgegnete Cormac.

»Wir haben gesehen, wie sie auf Euer Schiff geschafft wurde«, beharrte der Priester der Pikten. »Sie wurde uns aus einem Land weit im Süden gebracht, mit dem Blutstein des Mondes an einer goldenen Kette. Vor einer Generation raubte man uns dieses Kleinod von seinem Schrein auf der Insel des Altars, und nun hat Golka es uns zurückgeschickt, um den Hals des Opfers.«

»Der Rubin!« murmelte Donal, der als Barde weit herumgekommen war und dabei auch die piktische

Sprache einigermaßen gelernt hatte. »Ich erinnere mich jetzt – Marcus erzählte mir einmal, daß sein Vater ihn am Strand unter den Wrackstücken eines piktischen Langboots gefunden hat ...«

Cormac entsann sich des roten Steins, den Halfgar vom Boden aufgehoben hatte. Automatisch blickte er zu der Stelle, wo der Jüte gefallen war – und sah, wie der Mann gerade schwankend auf die Füße kam. Sein Schwerthieb hatte ihn also bloß betäubt.

»Gebt uns das Mädchen, das den Blutstein trägt«, forderte der Greis erneut.

»Euer Gott hat inzwischen einen anderen als Opfer erwählt«, erklärte Cormac und deutete den Strand hinab. »Seht Ihr den Mann, der sich unter den Gefallenen erhebt, Gonar? Geht zu ihm, und Ihr werdet Golkas Zeichen finden.«

Der alte Priester blickte ihn kurz erstaunt an, dann nickte er den Kriegern in seiner Begleitung zu, die sofort wie hungrige Wölfe losrannten und Halfgar umzingelten. Sie stießen wilde Freudenschreie hervor, als sie das Zeichen Golkas vom Gürtel des Jüten baumeln sahen. Halfgar zog seinen Dolch, um sich zu wehren, aber bei seiner Benommenheit hatten die Pikten keine Mühe, ihn zu überwältigen und ihn mit Lederstreifen zu binden.

»So zieht denn von hinnen, Dänen«, rief der alte Gonar, »und kehrt nie wieder hierher, denn diese Insel gehört den piktischen Stämmen, und schon zu lange haben Eure nordischen Brüder ihre Wälder mit ihren Äxten verwüstet und ihren Boden mit ihren schweren Schritten entweiht.«

Dänische Krieger schwangen sich vom Schandeck und stemmten sich mit den Schultern gegen den Bug.

Der Kiel scharrte über den Sand, bis das Schiff wieder ganz im Wasser lag. Ein Freudengeschrei erschallte, als die Dänen sahen, daß sie wieder flott waren.

»Der Edelstein«, rief Cormac von Deck, als das Schiff sich vom Strand entfernte, »er stammt doch sicherlich von den Römern, nicht von Euch. Ich habe ganz deutlich das korinthische Symbol eingraviert gesehen!«

»Nicht der Akanthus«, schrie Gonar, »sondern das Blut des Opfers – der rote Strahl aus der offenen Brust erfreut das Herz des Mondgottes Golka.«

Voll plötzlichem Abscheu drehte Cormac sich um, während die Ruderer das Schiff wendeten, um es auf die saubere offene See hinauszubringen. Hinter ihm erhob sich ein Heulen, wie das Wimmern einer armen Seele. Der Gäle erschauderte. Halfgar mußte erkannt haben, welches Schicksal ihm bevorstand. Keine Schwäche der Zivilisation berührte Cormacs barbarische Seele, und doch rieb etwas von der grausamen Wildheit der Pikten an der Rüstung um sein Herz.

»Du hattest recht, Cormac«, brummte Wulfher, als die Küste der Insel Kaldjorn sich in der Dämmerung verlor. »Es ist wahrhaftig töricht, Besiegte zu verhöhnen. Vermutlich waren es meine schmähenden Worte, die Halfgar zur Rache um jeden Preis anspornten, und das kostete mich schließlich die Hälfte meiner Mannschaft. Ich werde nach Dänemark fahren müssen, um neue Männer zu heuern.«

»Halfgar war ein verräterischer Wolf und hat Frauen gefoltert«, brummte Cormac düster. »Trotzdem war er ein tapferer Kämpfer, und es gefällt mir nicht, daß das Herzblut eines Seekriegers auf des Mondgotts Altar vergossen werden soll.«

»Das ist nicht mehr zu ändern«, warf Donal ein. »Erfreut Euer Herz am Glück, das aus dem Antlitz von Prinzessin Helen und Prinz Marcus leuchtet. Seht – selbst unter dem bleiernen Grau des nieselnden Himmels gleicht ihr strahlender Blick, den sie einander schenken, ohne sonst jemanden zu sehen, dem Sonnenaufgang, der die Wiederkehr der Götter ankündigt. Und freut Euch auch des Gedankens an König Gerinths Gold, das er Euch für die Rettung seiner Schwester bezahlen wird. Und wie ich seine Großzügigkeit kenne, wird er, aus Freude darüber, sie heil wieder zu haben, euch doppelt soviel wie ausgemacht geben.« Dann griff der Barde nach seiner Crottaharfe, zupfte die Saiten und begann zu singen:

Pikten hatten ihm die Schwester geraubt,
König Gerinth neigte im Grimm das Haupt.
»Weh mir, was kann ich nur tun?« rief er.
»Überall Feinde, zu Land und zu Meer.
Krieger bleiben mir keine mehr.
Wer jagt mir hinter den Dieben her?«

Da kam zum König der Barde gerannt:
»Wulfhers Schiff aus dem Wikingerland
liegt nicht weit von hier in der Bucht.
Sie sind die Mutigen, die Ihr sucht.
Sie fahren furchtlos, wie man erzählt,
selbst in die finstersten Winkel der Welt!«

Der König ritt zu der Wikinger Schar
und tat voll Gram sein Begehren dar.
»Bei Wotan!« ruft Wolfher voll Wut.
»Eine Tat wie diese sühnt nur Blut.«
Und der finstere Cormac sprach grimmiger nie:
»Die Tiger des Meeres finden sie!«

In schäumender Gischt und stürmendem Meer
ritt ihr Drachenschiff auf den Wogen her.
Da kamen jütische Drachen heran
und ein blutiges Ringen hub an.
Thorwald fiel unter Wolfhers Hieben.
Sein Herz ist den hungrigen Raben geblieben.

Alsbald trieb der Wind sie an Kaldjorns Strand,
wo Thorleif hielt mit grausamer Hand
die Schwester des Königs in Banden schwer.
»Die Heimat seh'n wirst du nimmermehr«,
sagte Hordis Sohn zu der Schönen.
Da weinte das Mädchen bittere Tränen.

Dann schob sich der Drache knirschend an Land.
Im Blut ertrank aller Widerstand.
Wulfher brüllte im Schlachtentriumph
und hieb seine Klinge an Nordmännern stumpf.
Thorleifs Schädel sank gespalten nieder,
und keiner von Kaldjörn erhob sich wieder.

Pikten und Raben suchen nun Beute am Strand,
wo Nordmännerblut rötet den Sand.
Die Tiger sind längst auf den Wogen weit.
Sie haben des Königs Schwester befreit.
Britanniens König erwartet voll Glück
die siegreichen Tiger des Meeres zurück.

»Bei Thor, Donal!« rief Wulfher mit rauher Stimme, und in seinen Augen glänzten Tränen. »Das ist ein Lied für die Götter! Sing es noch einmal – ja, und vergiß diesmal nicht, wie ich Thorleifs Hieb abwehrte und ihm mit meiner Axt die Rüstung aufschlitzte. Was meinst du, Cormac, ist das nicht ein großartiges Lied?«

Cormac blickte in Gedanken vertieft zur Küste, wo die Flammen der nun lichterloh brennenden *Skalli* rot durch den Nebel schimmerten.

»Ja, es ist ein schönes Lied, das will ich nicht leugnen. Doch schon jetzt berichtet es manches anders, als ich es gesehen habe. Und zweifellos wird der Unterschied mit jedem Vortrag wachsen. Aber was macht es aus? Selbst die Welt ändert sich und schwindet im Dunst wie die Klänge eines Barden. Vielleicht sind die Träume, die wir schmieden, beständiger als die Werke von Königen und Göttern.«

Krieger der Nordsee

»Skoal!« Das rußgeschwärzte Gebälk erbebte schier unter diesem Ruf aus rauhen Kehlen. Trinkhörner stießen krachend an, und Schwertgriffe hämmerten auf eichene Tischplatten, Messer säbelten an den riesigen Fleischstücken, und zwischen den Füßen der Feiernden rauften die dürren, zottigen Wolfshunde um die Abfälle.

Am Kopf der Tafel thronte Rognor der Rote, die Geißel der Meerenge. Nachdenklich strich der riesenhafte Wikinger sich über den roten Bart, während sein Blick hochmütig durch die Halle streifte und die vertraute Szene aufnahm. Hundert Krieger feierten hier, von kühnäugigen blonden Frauen und zitternden Sklaven bedient. Beute aus den Südlanden lag in großer Menge achtlos herum. Wertvolle Wandbehänge, kostbarer Brokat, Seidenballen, Fässer und Truhen voll Gewürzen, Tische und Bänke aus edlem Mahagoni, ungewöhnlich verzierte Waffen und zarte Kunstwerke maßen sich mit den Trophäen der Jagd, den kapitalen Geweihen und Schädeln von Tieren des Waldes. Solcherart bewies der Wikinger seine Herrschaft über Mensch und Tier.

Die Völker des Nordens waren trunken von Sieg und Eroberung. Rom war gefallen; Franken, Goten, Wandalen und Sachsen hatten an Plündergut zusammengetragen, was ihnen an schönen Dingen ins Auge stach. Und nun wurden diese Stämme und ihr Eigentum von den noch wilderen Völkern bedroht, die aus dem blauen Nebel des Nordens über sie herfielen. Die Franken, die sich bereits in Gallien niedergelassen und begonnen hatten sich zu latinisieren, fanden sich von den Schwertern der Nordmänner bedroht, die mit ihren schmalen Langschiffen ihre Flüsse entlangfuhren. Die Goten etwas weiter im Süden bekamen die Kampfeswut ihrer Vettern zu spüren. Und die Sachsen, die die Britannier westwärts trieben, wurden von einem noch erbitterteren Feind von hinten angegriffen. Im Osten, Westen und Süden streiften die Drachenschiffe der Wikinger bis ans Ende der Welt.

Die Nordmänner hatten bereits angefangen, sich auf den Hebriden und den Orkneyinseln niederzulassen, doch handelte es sich hier einstweilen noch um Seeräuberfestungen, zur eigentlichen Besiedelung kam es erst später. Der Stützpunkt Rognor des Roten war diese Insel, die die Skoten Ladbhan nannten, die Pikten Golmara und die Nordmänner Valgaard. Rognors Wort war Gesetz, das einzige, das diese wilde Horde anerkannte. Seine Hand war mächtig, seine Seele erbarmungslos, und die weite Welt war sein Spielfeld.

Des Seekönigs Augen wanderten über den Tisch, und er nickte zufrieden. Kein Seeräuber konnte sich einer wilderen Gefolgschaft brüsten als er. Eine gemischte Meute war es, Nordmänner und Jüten, kräftige blondbärtige Männer mit grimmigen hellen Augen. Selbst jetzt, da sie feierten, waren sie voll bewaffnet und gerüstet, nur ihre gehörnten Helme hatten sie abgelegt. Von unberechenbarem zornigen Gemüt waren sie, und in ihnen schlummerte die Raserei, jederzeit bereit auszubrechen.

Rognors Blick wandte sich von ihnen ab, deren

Arme mit schweren Goldreifen geschmückt waren, und einem zu, der sich so ganz von den anderen unterschied. Ein hochgewachsener Mann war er, schlank und doch kräftig, mit mächtiger Brust. Sein geradegeschnittenes schwarzes Haar und das bartlose Gesicht hoben sich von den blonden Bärten und Haaren und der etwas helleren Haut der anderen hier ab. Seine stahlgrauen kühlen Augen waren zu schmalen Schlitzen verkniffen und verliehen seinem Gesicht zusammen mit den zahllosen Narben ein ungewöhnlich finsteres Aussehen. Ihn zierte keinerlei Goldschmuck, und statt der Schuppenpanzer der Männer um ihn trug er ein Kettenhemd.

Rognor runzelte unwillkürlich die Stirn, während er diesen Mann betrachtete, doch gerade als er etwas sagen wollte, betrat ein Neuankömmling die Halle und kam aufs Kopfende der Tafel zu. Er war ein großer, gutgebauter junger Wikinger, der statt des Bartes der anderen einen blonden Schnurrbart hatte. Rognor grüßte ihn.

»Sei gegrüßt, Hakon. Ich habe dich seit gestern nicht mehr gesehen.«

»Ich habe in den Bergen Wölfe gejagt«, erklärte der junge Mann und blickte neugierig auf den finsteren Fremden. Rognor folgte seinem Blick.

»Das ist Cormac Mac Art, Anführer einer Schar Seeräuber. Der gestrige Sturm versenkte sein Schiff, und er konnte sich als einziger durch die Brandung an Land retten. Im frühen Morgengrauen kam er triefnaß zur Tür und überredete die Wächter, ihn zu mir zu bringen, statt ihn zu erschlagen, wie sie es vorgehabt hatten. Er bewies sein Recht, mir folgen zu dürfen, indem er trotz seiner Müdigkeit gegen meine besten

Leute kämpfte, einen nach dem andern. Mit Rane, Tostig und Halfgar spielte er, als wären sie Kinder. Er entwaffnete alle, ohne sie zu verletzen oder selbst zu Schaden zu kommen.«

Hakon wandte sich mit freundlichem Gruß an den Fremden, der ihn gleichermaßen freundlich und mit einem würdevollen Kopfnicken erwiderte.

»Wie gut du unsere Sprache sprichst«, staunte der junge Wikinger.

»Ich habe viele Freunde unter den Nordmännern«, entgegnete Cormac.

Hakon bedachte ihn kurz mit einem seltsamen Blick, doch die unergründlichen Augen des Gälen hielten ihm stand, ohne zu verraten, was in dem Dunkelhaarigen vorging.

Hakon wandte sich wieder an den Seekönig. Irische Seeräuber waren in der Nordsee nicht ungewöhnlich. Ihre Streifzüge brachten sie bis Spanien, ja sogar nach Ägypten, obgleich ihre Schiffe weit weniger seetüchtig waren als die Langschiffe der Wikinger. Aber es gab kaum Freundschaft zwischen den beiden Rassen. Wenn ein gälischer Seeräuber einem Wikinger begegnete, kam es gewöhnlich zu einer blutigen Schlacht, denn sie waren Rivalen in den Westmeeren.

»Du bist zu einer glücklichen Zeit gekommen, Cormac«, polterte Rognor. »Ich nehme mir morgen ein Weib. Bei Thors Hammer, ich habe schon viele Frauen gehabt – von den Römern, aus Spanien und Ägypten, von den Franken, den Sachsen und den Dänen, Lokis Fluch auf sie alle! Doch geheiratet habe ich keine je. Immer wurde ich ihrer müde und gab sie zum Zeitvertreib an meine Männer weiter. Doch es wird Zeit, daß ich an eigene Söhne denke, und nun habe ich eine

Frau gefunden, die der Gunst Rognor des Roten würdig ist. Ho – Osric, Eadwig, holt die britische Maid! Du sollst selbst urteilen, Cormac.«

Cormacs Blick wanderte zu Hakon. Für einen flüchtigen Beobachter mochte er gleichgültig, ja gelangweilt wirken. Der Gäle bemerkte jedoch das schwache Zukken der Wangenmuskeln, das beherrschte Angespanntheit verriet. Auch die kühlen Augen des Gälen zuckten flüchtig.

Drei Frauen betraten die Festhalle, gefolgt von den zwei Männern, die Rognor nach ihnen geschickt hatte. Zwei der Frauen führten die dritte vor Rognor, zogen sich jedoch zurück, so daß sie allein vor ihm stand.

»Schau, Cormac«, brummte der Wikinger. »Ist sie nicht die Richtige, einem König Söhne zu gebären?«

Cormacs Blick wanderte gleichmütig über das junge Mädchen, das zornbebend vor ihm stand. Eine kräftig und gut gebaute Frau war sie, offensichtlich noch keine zwanzig Jahre alt. Ihr stolzer Busen wogte vor grimmigem Stolz, und ihre Haltung war nicht die einer Gefangenen, sondern eher die einer Königin. Sie trug den etwas dürftigen Staat einer Wikingerin, aber sie war zweifellos von anderer Rasse. Nach ihrem blonden Haar, den funkelnden blauen Augen und der schneeweißen Haut zu schließen, konnte sie eine Keltin sein, aber Cormac wußte, daß sie nicht zu dem verweichlichten, latinisierten Volk des südlichen Britanniens gehören konnte. Ihre Haltung und ihr Benehmen waren so frei und barbarisch wie die der Männer, die sie geraubt hatten.

»Sie ist die Tochter eines Prinzen der Westbriten«, erklärte Rognor. »Von einem Stamm, der sich nie den Römern gebeugt hat und der nun, mit den Pikten auf einer und den Sachsen auf der anderen Seite, beide in Schach hält. Ein wahrhaft kriegerischer Stamm! Ich eroberte sie von einem Sachsenschiff, dessen Führer sie bei einem Plünderzug im Landesinnern geraubt hat. Schon beim ersten Blick wußte ich, daß sie die Frau ist, die mir meine Söhne gebären würde. Ich habe sie schon einige Monate, und ließ ihr unsere Gebräuche und Sprache beibringen. Sie war eine Wildkatze, als sie uns in die Hände fiel. Ich gab sie in Ednas Obhut, und obwohl Edna, bei Thor, eine wahre Bärin von Weib ist, war sie ihr kaum gewachsen. Die alte Edna mußte sie zwanzigmal und öfter übers Knie legen, um diesen Wildfang zu zähmen ...«

»Bist du mit mir fertig, Pirat?« fauchte das junge Mädchen plötzlich herausfordernd und doch mit einer kaum merklichen Spur Angst in der Stimme. »Wenn ja, dann laß mich in meine Kammer zurückkehren – denn das Gesicht der alten Hexe Edna, so häßlich es auch ist, finde ich weit angenehmer als deine rotbärtige Schweinefratze!«

Dröhnendes Gelächter erschallte, und Cormac grinste leicht.

»Mir scheint, sie ist noch nicht völlig gezähmt«, bemerkte er trocken.

»Das möchte ich auch nicht, denn dann wäre sie mir nichts mehr wert«, entgegnete der Seekönig ungerührt. »Eine Frau ohne Feuer ist wie eine Schneide ohne Schwert. Du darfst in deine Kammer zurückkehren, meine Hübsche, und dich auf unsere Hochzeit vorbereiten. Vielleicht bist du mir geneigter, wenn du mir erst drei oder vier wackere Söhne geboren hast.«

Die blauen Augen des Mädchens sprühten Feuer, doch wortlos wandte sie ihrem Herrn den Rücken zu und wollte die Halle verlassen, als plötzlich eine schrille Stimme durch den Festlärm schnitt:

»*Halt!*«

Cormacs Augen verengten sich beim Anblick einer grotesken und abstoßenden Gestalt, die hinkend und schwankend durch die Halle kam. Sie hatte das Gesicht eines erwachsenen Mannes, war jedoch nicht größer als ein Knabe, und der Körper war seltsam verunstaltet mit den verdrehten Beinen, den viel zu großen ungeschlachten Füßen und den ungleichen Schultern, von denen eine viel höher als dic andere war. Trotzdem war der Bursche erstaunlich breit und kräftig und wirkte wie ein mißgestalteter Riese. In einem boshaften dunklen Gesicht glühten große gelbe Augen.

»Ich staune«, sagte der Gäle. »Ich weiß ja, daß Ihr Wikinger weit herumkommt, doch hatte ich keine Ahnung, daß Ihr bis zum Tor der Hölle segelt. Aber zweifellos kann diese Kreatur nur von dort sein.«

Rognor grinste. »Ja, ich habe ihn mir in der Tat aus der Hölle geholt, denn wahrhaftig ist Byzanz in vieler Hinsicht die Hölle, wo die Griechen die Leiber Neugeborener brechen und verdrehen, damit sie zu Blasphemien wie dieser hier werden, zur Belustigung des Kaisers und seiner Höflinge. Was gibt es, Anzace?«

»Großer Lord«, krächzte die Kreatur mit unangenehmer Stimme, »morgen nehmt Ihr dieses Mädchen Tarala zum Weib, nicht wahr? Ja – o ja! Aber mächtiger Lord, was ist, wenn sie einen andern liebt?«

Tarala hatte sich umgedreht und starrte den Zwerg mit aufgerissenen Augen an, die Ekel, Ärger, aber auch Furcht verrieten.

»Einen andern lieben?« Rognor nahm einen tiefen

Schluck und wischte sich den Bart ab. »Na und? Wenige Mädchen lieben die Männer, die sie heiraten müssen. Was schert mich ihre Liebe?«

»Ah«, höhnte der Zwerg, »aber würde es Euch nicht interessieren, wenn ich Euch sage, daß einer Eurer eigenen Männer vergangene Nacht – ja, und viele Nächte zuvor – durch die Gitter ihres Fensters mit ihr sprach?«

Ein Trinkbecher krachte auf den Tisch. Schweigen senkte sich auf die Halle herab, und aller Augen wandten sich der Gruppe am Kopf der Tafel zu. Hakon sprang mit zorngerötetem Gesicht auf.

»Rognor ...« Seine Hand um den Schwertgriff zitterte vor Wut. »... wenn du zuläßt, daß dieser Giftzwerg dein zukünftiges Weib beleidigt, werde zumindest ich ...«

»Er lügt!« rief das Mädchen und errötete vor Scham und Ärger. »Ich ...«

»Schweig!« brüllte Rognor. »Du auch, Hakon! Was dich betrifft ...« Seine Prankenhand schoß vor und schloß sich wie eine Zwinge um Anzaces Hemdbrust. »... sprich, und sprich schnell! Wenn du lügst, stirbst du!«

Der Zwerg erbleichte unter der tiefgetönten Haut, aber er warf Hakon einen höhnischen Blick abgrundtiefer Bosheit zu. »Mein Lord«, sagte er. »Ich habe viele Nächte auf der Lauer gelegen, seit mir zum ersten Mal die Blicke auffielen, die dieses Mädchen mit jenem wechselte, der Euch betrogen hat. Vergangene Nacht, als ich mich unter den Bäumen dicht bei ihrem Fenster versteckt hatte, hörte ich, wie sie planten, heute nacht zu fliehen. Ihr sollt Eurer schönen Braut beraubt werden, Gebieter.«

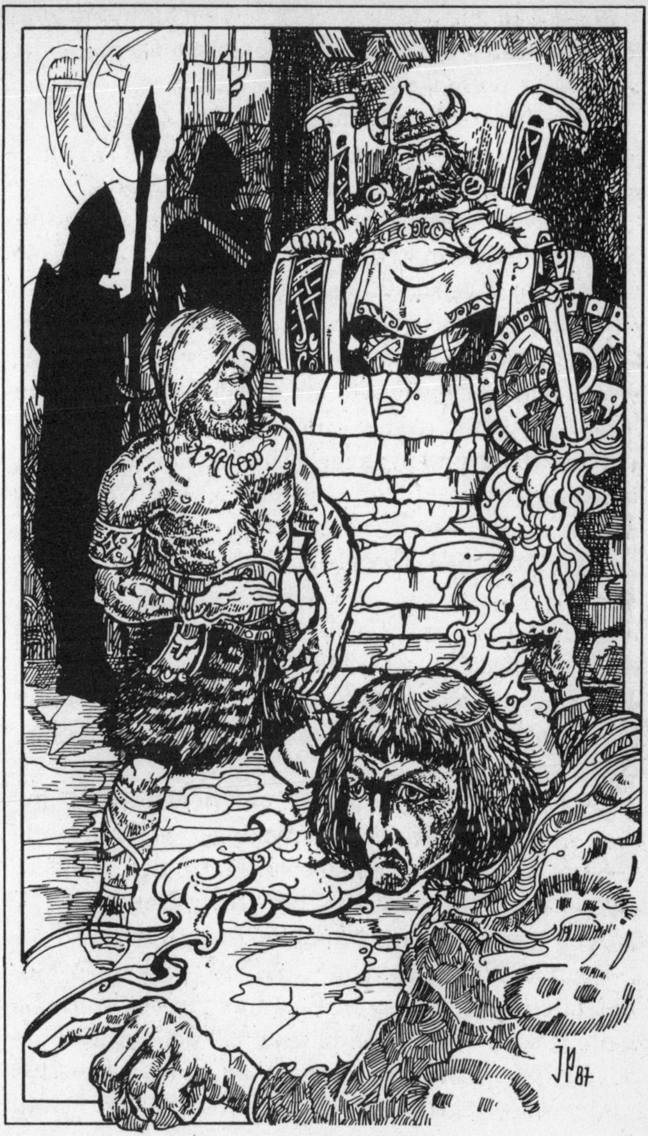

Rognor beutelte den Griechen wie ein Bluthund eine Ratte. »Hund!« brüllte er. »Beweise es, oder du heulst unter dem Blutadler!«

»Ich kann es beweisen«, sagte der Zwerg triumphierend. »Letzte Nacht hatte ich jemanden bei mir – einen, dessen Wort Ihr glauben werdet. Tostig.«

Ein großer Krieger, dessen Gesichtszüge Grausamkeit verrieten, kam herbei. Er war einer von jenen, die Cormac im Zweikampf besiegt hatte.

»Tostig«, forderte der Zwerg ihn grinsend auf, »sag unserem Herrn, daß ich die Wahrheit spreche – sag ihm, daß du gestern nacht mit mir in den Büschen gelegen und gehört hast, wie der Mann, dem er am meisten vertraut – und der angeblich in den Bergen jagte –, mit dieser blonden Dirne ausmachte, heute nacht zu fliehen und so unseren Herrn zu betrügen.«

»Er spricht die Wahrheit«, bestätigte der Nordmann stumpf.

»Odin, Thor und Loki!« Rognor schleuderte den Zwerg von sich und schlug mit der Faust auf den Tisch. »Und wer ist dieser gemeine Verräter? Sag es mir, damit ich ihm mit bloßen Händen das Genick breche!«

»Hakon!« schrillte der Zwerg und deutete erregt mit dem Finger auf den jungen Wikinger, während sein Gesicht sich zu einer gräßlichen Fratze der Schadenfreude verzerrte. »Hakon, Eure rechte Hand!«

»Ja, es war Hakon«, brummte Tostig.

Rognor riß stumm den Mund auf, und einen Moment herrschte knisternde Spannung in der Halle. Da hatte Hakon auch schon blitzschnell das Schwert gezogen und sprang seine Verräter an. Anzace kreischte und wollte weglaufen, während Tostig einen Schritt zurückwich und Hakons Schwert abwehrte. Doch so gewaltig war dieser Hieb, daß Tostigs Klinge zersplitterte und ihn selbst mit gespaltenem Schädel vor Rognors Füße warf. Im gleichen Augenblick hob Tarala mit der verzweifelten Wut der Tigerin eine Bank und versetzte Anzace damit einen solchen Schlag, daß er betäubt und blutend zusammenbrach.

Die ganze Halle geriet in Aufruhr. Die Krieger brüllten verwirrt und unentschlossen auf, während sie einander anrempelten und kampfgierig nach ihren Waffen griffen, ohne sich jedoch entscheiden zu können, auf wessen Seite sie sich schlagen sollten. Die Meinungsverschiedenheit bestand zwischen ihren beiden Führern, und ihre Loyalität schwankte. Doch dicht um Rognor befanden sich kampferprobte Getreue, die keine Zweifel plagten. Ihre Pflicht war es, ihren Führer zu jeder Zeit zu schützen, und das taten sie nun. Sie bildeten einen geschlossenen Wall gegen den erzürnten Hakon, der sich wahrhaftig bemühte, seinen bisherigen Verbündeten um einen Kopf kürzer zu machen. Der Ausgang eines Zweikampfs wäre nicht vorherzusehen gewesen, doch Rognors Getreue beabsichtigten nicht, ihren Führer den Kampf selbst austragen zu lassen. Sie umringten Hakon und streckten ihn allein durch ihre Übermacht aus mehreren unbedeutenden Wunden blutend zu Boden, wo er alsbald an Händen und Füßen gebunden wurde. In der ganzen Halle drängte der Rest der Krieger brummend und fluchend vorwärts, und so manche warfen finstere Blicke auf Rognor. Doch der Seekönig steckte das mächtige Schwert wieder ein, mit dem er Hakons wütende Hiebe abgewehrt hatte, und brüllte donnernd. Allein durch seine beeindruckende Persönlichkeit nahmen die Aufrührer, wenn auch manche brummelnd, ihre Plätze wieder ein.

Anzace erhob sich benommen und hielt sich den Kopf. Eine kräftige finstere Frau hatte Tarala die Bank entrissen und sich das Mädchen wie ein Kind unter den Arm geklemmt, und es nutzte der Gefangenen nichts, daß sie mit Händen und Füßen um sich schlug und alle verwünschte. In der ganzen Halle gab es nur einen, den die allgemeine Aufregung nicht zu berühren schien: den gälischen Seeräuber, der sich nicht einmal von seinem Platz erhoben hatte und nun mit zynischem Lächeln den Becher an die Lippen hob.

»Du also wolltest mich betrügen?« brüllte Rognor und trat seinen bisherigen Stellvertreter heftig. »Du, dem ich vertraut, den ich zu hohem Ansehen verholfen habe ...« Dem empörten Seekönig fehlte es an weiteren Worten, so trat er erneut nach seinem Gefangenen, während Tarala wütend schrie:

»Du Ungeheuer! Du Räuber! Du Feigling! Wenn er frei wäre, würdest du es nicht wagen!«

»Schweig!« donnerte Rognor.

»Ich denke nicht daran!« trotzte sie und wehrte sich weiterhin vergebens im Griff der alten Frau. »Ich liebe ihn! Und es ist verständlich, daß ich ihn dir vorziehe! Während du hart und grausam bist, ist er ritterlich und höflich, und der einzige unter euch, der mich in meiner Gefangenschaft anständig behandelt hat. Ich werde ihn heiraten, oder keinen!«

Aufbrüllend schwang Rognor, die eisenharte Faust zurück, doch ehe er sie in das aufgebrachte schöne Gesicht schmettern konnte, erhob sich Cormac und faßte des Wikingers Handgelenk. Unwillkürlich schnaufte Rognor, denn des Gälen Finger waren wie Stahl. Einen Moment starrte der Wikinger funkelnd in die kühlen Augen Cormacs, und keiner von beiden wandte den Blick ab.

»Du kannst keine Tote heiraten, Rognor«, sagte Cormac ruhig. Er ließ das Handgelenk des anderen los und setzte sich wieder.

Der Seekönig brummte etwas in seinen Bart und brüllte seinen grimmigen Getreuen zu: »Werft diesen jungen Hund in der Gefangenenhütte in Ketten. Morgen wird er zusehen, wie ich die Wildkatze heirate, und dann wird *sie* zuschauen, wie ich ihm mit eigenen Händen den Blutadler in den Rücken schneide.«

Zwei kräftige Burschen hoben den gebundenen, wütend tobenden Hakon gleichmütig hoch. Als sie sich daranmachten, ihn aus der Halle zu tragen, verhielt er sich plötzlich still und starrte Cormac Mac Art voll ins spöttische Gesicht. Der Gäle erwiderte den Blick ruhig. Mit einemal stieß Hakon ein einzelnes Wort hervor: »Wolf!«

Nicht mit einem Wimpernzucken verriet Cormac seine Überraschung. Seine starre Miene änderte sich nicht im geringsten, als Hakon aus der Halle geschleppt wurde.

»Was ist mit dem Weibsbild, Herr?« erkundigte sich die alte Frau, die Tarala festhielt. »Soll ich sie nicht übers Knie legen?«

»Bereite sie auf die Hochzeit vor«, brummte Rognor mit ungeduldiger Handbewegung. »Schaff sie mir aus den Augen, ehe ich die Beherrschung verliere und ihr den weißen Hals breche!«

In einer Nische flackerte eine Fackel, die der Gefangenenhütte Licht gab. Wände und Dach hier waren aus

Kantholz, der Boden gestampft. Hakon, der in einer hinteren Ecke, gleich neben dem kleinen fest vergitterten Fenster, angekettet war, verlagerte unruhig sein Gewicht und fluchte herzhaft. Doch waren es weder die Ketten noch seine Wunden, die ihm so zu schaffen machten. Die Verletzungen waren ohnehin nur gering – außerdem ertrugen die Nordmänner selbst das schlimmste körperliche Ungemach mit unvorstellbarem Gleichmut. Genausowenig war es der Gedanke an den Tod, der ihn so mit seinem Geschick hadern ließ, sondern einzig und allein die Vorstellung, daß Rognor Tarala gegen ihren Willen zum Weib nehmen würde und er es nicht verhindern konnte ...

Er erstarrte, als er leise Schritte vor der Hütte vernahm. Gleich darauf hörte er eine Stimme mit leichtem Akzent: »Rognor möchte, daß ich mit dem Gefangenen spreche.«

»Woher soll ich wissen, daß das stimmt?« brummte der Wächter.

»Geh und frag Rognor. Ich werde hier solange Wache stehen. Aber wenn er dir die Haut abzieht, dann gib nicht mir die Schuld.«

»Geh schon hinein, in Lokis Namen«, knurrte der Wächter. »Aber bleib nicht zu lange.«

Hakon hörte, wie der Riegel zurückgeschoben wurde, dann schwang die Tür auf, und eine hochgewachsene, geschmeidige Gestalt trat ein. Die Tür schloß sich hinter ihr.

Cormac Mac Art blickte auf den in der Ecke liegenden Hakon hinunter. Der Gäle war vollständig bewaffnet, und er trug einen Kammhelm, der mit Pferdehaar verziert war, dadurch wirkte er in dem flakkernden Licht, das ihn noch finsterer und unheimlicher erscheinen ließ, übernatürlich groß. Man konnte bei seinem Anblick schon meinen, er sei ein Teufel, der vorhabe, eine arme Seele in der Hölle zu martern.

»Ich dachte mir schon, daß du kommen würdest«, sagte Hakon und setzte sich auf. »Aber sprich leise, damit der Wächter dich nicht hören kann.«

»Ich bin hier, weil ich wissen möchte, woher du meine Sprache kennst«, erklärte der Gäle.

»Du lügst«, entgegnete Hakon grinsend. »Du bist hier, damit ich dich nicht an Rognor verrate. Als ich den Namen nannte, den man dir in deiner Sprache gegeben hat, tat ich es, damit dir klar ist, daß ich weiß, wer du wirklich bist. Es ist der Name, der in deiner Zunge ›Wolf‹ bedeutet, und du bist nicht nur Cormac Mac Art von Erin, sondern auch Cormac der Wolf, ein Seeräuber und die rechte Hand Wulfhers, des Dänen, Rognors erbittertster Feind. Was du hier willst, weiß ich nicht, bloß daß die Anwesenheit von Wulfhers engstem Freund nichts Gutes für Rognor bedeuten kann. Ich brauche dem Wächter nur ein Wort zu sagen, dann ist dein Schicksal genauso besiegelt wie meines.«

Cormac blickte einen Augenblick stumm auf den jungen Mann hinunter.

»Ich könnte dir die Kehle durchschneiden, ehe du rufen kannst«, sagte er.

»Das könntest du«, bestätigte Hakon, »aber du würdest es nicht tun. Es ist nicht deine Art, einen Wehrlosen zu töten.«

Cormac grinste freudlos. »Stimmt. Was willst du von mir?«

»Mein Leben für deines. Befreie mich, und ich wahre dein Geheimnis bis Ragnarök.«

Cormac setzte sich auf einen kleinen Hocker und überlegte.

»Was hast du vor?«

»Befreie mich – und laß mich die Hände um ein Schwert legen. Dann werde ich Tarala entführen und versuchen, mit ihr in die Berge zu fliehen. Wenn mir das nicht glückt, nehme ich Rognor mit mir nach Walhall.«

»Und wenn ihr die Berge erreicht?«

»Ich werde dort erwartet – von fünfzehn meiner engsten Freunde, Jüten hauptsächlich, die nichts von Rognor halten. An der anderen Seite der Insel haben wir ein Langboot versteckt. Damit rudern wir zu einer anderen Insel, wo wir bleiben werden, bis wir eine eigene Schar haben. Herrenlose und mit ihren Führern unzufriedene Männer werden zu uns stoßen. Vielleicht dauert es dann nicht mehr lange, bis ich Rognors *Skalli* über seinem Kopf anzünden und ihm die Fußtritte heimzahlen kann.«

Cormac nickte. Zu jener Zeit der Seeräuber, Gesetzlosen und Banditen war dergleichen nicht ungewöhnlich.

»Aber zuvor mußt du hier heraus.«

»Dafür mußt du sorgen«, entgegnete der junge Mann.

»Warte!« Der Gäle blickte ihn an. »Du hast gesagt, du hast fünfzehn Freunde im Wald ...«

»Ja. Unter dem Vorwand, Wölfe zu jagen, stiegen wir gestern in die Berge. Ich ließ sie an einer bestimmten Stelle zurück, während ich mich zu Tarala stahl, um meinen Plan mit ihr zu besprechen. Ich wollte dann den Tag im *Skalli* verbringen, und abends angeblich zur Jagd zurückkehren. In der Dunkelheit hatte ich vor, wieder herbeizuschleichen und mit Tarala zu fliehen. Ich hatte nicht mit Anzace, diesem byzantinischen Hexer, gerechnet. Aber ich schwöre, ich werde sein schwarzes Herz den Geiern vorsetzen ...«

»Genug!« unterbrach Cormac ihn ungeduldig. »Hast du nicht auch hier einige Freunde? Mir war, als hätte es einigen gar nicht gefallen, wie man dich heute behandelt hat.«

»Ich habe eine ganze Menge Freunde und Halbfreunde hier«, erwiderte Hakon. »Aber sie wissen selbst nicht so recht, was sie wollen. Die meisten sind wie hirnlose Tiere, die dem Stärksten folgen. Wäre Rognor mit seinem Häufchen Knechte tot, würde der Rest sich zweifellos mir anschließen.«

»Sehr gut!« Cormacs Augen glitzerten, als sein scharfer Verstand einen Plan ausbrütete. »Hör zu – ich erzählte Rognor die Wahrheit, als ich ihm sagte, mein Schiff sei vergangene Nacht an den Klippen zerschellt. Aber es war eine Lüge, als ich behauptete, ich sei als einziger dem Tod entgangen. Gut versteckt hinter der Südspitze dieser Insel, wo eine Sandbank sich ins Meer erstreckt, wartet Wulfher mit etwa fünfzig Kriegern. Als wir uns in der Nacht durch die tobende Brandung an Land gekämpft und festgestellt hatten, daß wir außer dem Schiff auch noch einen großen Teil unserer Mannschaft verloren hatten – und wir noch dazu auf Rognors Insel gestrandet waren –, berieten wir uns und entschieden, daß ich, den Rognor sicher am wenigsten kennen würde, mich zu seinem *Skalli* begeben, sein Vertrauen erwerben und auf eine Chance warten sollte, ihn zu überlisten und eines seiner Langboote an mich zu bringen. Denn ein Schiff ist es, was wir wollen. Nun möchte ich ein Abkommen mit dir treffen. Wenn ich dir zur Flucht verhelfe, wirst du dich dann mit deinen Männern mit uns verbünden und uns helfen, Rognor zu stürzen? Und nachdem uns das geglückt ist, überläßt du uns eines seiner Langschiffe? Das ist das einzige, was wir wollen. Die Beute des *Skalli,* Rognors Leute und der Rest seiner Schiffe soll allein dir gehören. Mit einem guten Drachenschiff unter den Füßen werden Wulfher und ich bald wieder genug Beute machen – ja, und eine volle Besatzung zusammenkriegen.«

»Abgemacht«, erklärte der junge Mann sich einverstanden. »Hilfst du mir, helf ich euch. Macht mich zum Herrn dieser Insel, dann kannst du dir von den Langschiffen aussuchen, welches du willst.«

»Gut, damit bin ich zufrieden. Hör zu, wird dein Wächter heute nacht abgelöst werden?«

»Nein, das glaube ich nicht.«

»Meinst du, er könnte bestochen werden, Hakon?«

»Bestimmt nicht. Er ist einer von Rognors Getreuen.«

»Nun, dann müssen wir es auf eine andere Weise versuchen. Wenn wir uns seiner entledigen können, wird deine Flucht kaum vor dem Morgen bemerkt werden. Warte!«

Der Gäle trat an die Tür und rief dem Mann zu:

»Was bist du für ein Wächter, daß du deinem Gefangenen die Flucht ermöglichst!«

»Was soll das heißen?« brauste der Wikinger sofort auf.

»Nun, alle Gitterstäbe am Fenster sind gerissen!«

»Du mußt verrückt sein!« knurrte der Krieger und trat in die Hütte. Er hob den Kopf, um zum Fenster zu sehen, doch noch während er den Kopf hob, versetzte

Cormac ihm mit aller Kraft einen Kinnhaken. Der Bursche brach wie ein gefällter Ochse zusammen.

Der Schlüssel zu Hakons Ketten hing an dem Gürtel des Wächters. Alsbald erhob der junge Wikinger sich frei von seinen Banden. Nachdem Cormac den bewußtlosen Wächter geknebelt und an die Wand gekettet hatte, nahm er ihm das Schwert ab und reichte es Hakon, der erleichtert danach griff. Stumm stahlen die beiden sich aus der Gefangenenhütte in die Schatten der Bäume ringsum. Dort blieb Cormac stehen und studierte die Umgebung. Es war eine mondlose Nacht, doch der Sternenschein genügte dem Gälen.

Das *Skalli,* ein langes, niedriges Blockhaus, lag mit Blickrichtung zur Bucht, wo Rognors Langschiffe vor Anker lagen. Etwa im Halbkreis um dieses Hauptgebäude befanden sich die Lagerhäuser, die Hütten der Wikinger und die Ställe. Gut hundert Meter trennten das nächste Haus vom *Skalli,* und die Gefangenenhütte, in der Hakon eingesperrt gewesen war, lag am weitesten von der Halle entfernt. Der Wald reichte von drei Seiten dicht heran, und viele der Lagerhütten befanden sich in den Schatten der hohen Bäume. Es gab weder Wall noch Graben um Rognors Niederlassung. Er allein war der Herr dieser Insel und erwartete keinen Überfall von der Landseite. Außerdem war seine Niederlassung nicht als Fort gedacht, sondern als Stützpunkt, von dem aus er auf seine Raubzüge gehen konnte.

Während Cormac sich alles Wichtige einprägte, vernahmen seine scharfen Ohren leise Schritte. Er strengte die Augen an und erspähte eine Bewegung zwischen den dichten Bäumen. Während er Hakon herbeiwinkte, schlich er vorwärts, den Dolch in der

Hand. Die düsteren Schatten verschluckten fast alles, doch sein tierhafter Instinkt, wie er sich bei Menschen entwickelt, die sich in der Wildnis auf ihren Verstand verlassen müssen, verriet ihm, daß jemand oder etwas ganz in der Nähe durch die Dunkelheit schlich. Gar nicht weit entfernt knickte ein dürrer Zweig, und einen Augenblick später sah er, wie sich eine undeutliche Gestalt aus der Schwärze der Bäume löste und auf das *Skalli* zuhuschte. Selbst im schwachen Sternenschein wirkte sie verunstaltet und unheimlich.

»Anzace!« zischte Hakon erregt. »Er muß zwischen den Bäumen versteckt gelegen und die Gefangenenhütte beobachtet haben! Schnell! Halt ihn auf!«

Cormac faßte ihn am Arm und hielt ihn von einer unüberlegten Verfolgung ab.

»Pst!« mahnte der Gäle. »Er weiß, daß du frei bist, aber vermutlich nicht, daß wir wissen, daß er es weiß. Wir haben noch Zeit, ehe er Rognor erreicht.«

»Aber Tarala!« flüsterte Hakon heftig. »Ich lasse sie nicht hier. Lauf, wenn du willst, ich aber werde sie holen oder sterben.«

Cormac warf einen raschen Blick auf das *Skalli.* Anzace war um die Ecke verschwunden. Offenbar war er auf dem Weg zum Vordereingang.

»Führ mich zur Kammer des Mädchens«, flüsterte Cormac. »Eine große Chance haben wir sicher nicht, aber es könnte sein, daß Rognor ihr, noch ehe wir zurückkehren und sie retten können, die Kehle durchschneidet, wenn er von unserer Flucht erfährt.«

Die beiden traten aus der Dunkelheit und sprinteten über den sternenhellen Platz, der das *Skalli* vom Wald trennte. Der junge Nordmann rannte voraus zu einem vergitterten Fenster am hinteren Ende der langen Halle. Dort duckte er sich in den Schatten des *Skallis* und klopfte leise dreimal an die Gitter. Fast sogleich erschien Taralas weißes Gesicht dahinter.

»O Hakon!« hauchte sie. »Bitte sei vorsichtig, die alte Edna ist in meiner Kammer. Sie schläft zwar, aber ...«

»Geh zur Seite«, flüsterte Hakon und hob das Schwert. »Ich werde diese Gitterstäbe zerhacken ...«

»Dieser Krach würde jeden einzelnen auf dieser Insel wecken«, knurrte Cormac. »Wir haben noch ein paar Minuten Zeit, während Anzace Rognor berichtet. Wir wollen sie nicht vergeuden.«

»Aber wie können wir sonst ...?«

»Paß auf!« Der Gäle umklammerte mit jeder Hand einen Gitterstab und stemmte sich mit Füßen und Knien gegen die Wand. Hakons Augen weiteten sich, als er sah, wie Cormac den Rücken krümmte und seine ganze Kraft einsetzte. Die gewaltigen Muskeln strafften sich an Armen, Schultern und Beinen des Gälen, an seinen Schläfen quollen die Adern hervor, und dann, unter den erstaunten Augen der beiden Zuschauer, bogen die Stäbe sich, gaben nach und rissen aus ihrer Befestigung. Ein dumpfes Krachen war zu hörn, und in der Kammer rührte sich jemand und stieß erschrocken einen Schrei aus.

»Schnell, durchs Fenster!« drängte Cormac. Seine gewaltige Anstrengung hatte ihm offenbar die Kraft nicht geraubt.

Tarala schwang ein Bein über das zersplitterte Fenstersims, als hinter ihr ein wütender Ruf und Schritte von nackten Füßen erklangen. Ein Paar grobe Hände schlossen sich um die Schultern des Mädchens. Tarala wand sich herum und schlug heftig zu. Die Hände ließen los, und ein schwerer Körper klatschte auf dem Boden der Kammer auf. Einen Augenblick später war das Mädchen aus dem Fenster und in den Armen ihres Liebsten.

»So!« keuchte sie außer Atem und fast schluchzend, während sie den schweren Weinkelch wegwarf, mit dem sie die Alte bewußtlos geschlagen hatte. »Jetzt habe ich der alten Edna wenigstens ein paar der Prügel heimgezahlt!«

»Beeilt euch!« schnaubte Cormac und drängte die zwei zum Wald. »Jeden Augenblick wird die ganze Siedlung wach sein ...«

Schon jetzt flackerte Licht auf, und Rognors Brüllen war zu hören. Im Schatten der Bäume hielt Cormac kurz an.

»Wie lange wirst du brauchen, deine Männer in den Bergen zu erreichen und hierher zurückzukommen?«

»Hierher zurückkommen?«

»Ja.«

»Nun – höchstens eineinhalb Stunden.«

»Gut. Versteck deine Leute an der Seite der Lichtung dort und warte, bis du dieses Signal hörst«, leise ahmte er den Ruf eines Nachtvogels nach, den er zweimal wiederholte.

»Komm zu mir – aber allein –, wenn du es hörst, und sieh zu, daß du Rognor und seinen Leuten nicht in den Weg läufst.«

»Aber ... er wird doch ganz sicher bis zum Morgen warten, ehe er die Insel durchsucht.«

Cormac lachte rauh. »Nicht, wie ich ihn kenne. Er wird noch in dieser Nacht die Wälder durchkämmen. Aber wir haben bereits zuviel Zeit vergeudet. Die

Männer strömen schon bewaffnet aus den Hütten. Bring deine Jüten so schnell wie möglich hierher. Ich kümmere mich um Wulfher.«

Cormac wartete, bis das Mädchen und ihr Liebster in der Dunkelheit verschwunden waren, dann drehte er sich um und rannte so leichtfüßig und lautlos dahin wie das Tier, nach dem man ihn nannte. Wo andere sich unsicher durch die Bäume getastet hätten, gegen sie geprallt und über Dickicht gestolpert wären, eilte Cormac schier mühelos hindurch, teils von seinen Augen geleitet, hauptsächlich jedoch von seinem unfehlbaren Instinkt. Ein Leben in den Wäldern und auf den Meeren der wilden Länder im Norden und Osten hatten ihm die Muskeln, die Schläue und Ausdauer der wilden Tiere gegeben, die dort herumstreiften.

Hinter sich hörte er Rufe, Waffenrasseln und eine blutdürstige Stimme, die Verwünschungen und Drohungen hinausbrüllte.

Offenbar hatte Rognor entdeckt, daß beide Vögel ausgeflogen waren. All diese Geräusche wurden schwächer, je mehr er seinen Vorsprung erhöhte, und schließlich vernahm der Gäle das sanfte Rauschen der Wellen gegen den Strand. Als er sich dem Versteck seiner Verbündeten näherte, lief er langsamer und vorsichtiger. Seine dänischen Freunde sahen im Dunkeln nicht so gut wie er, und der Gäle wollte vermeiden, einen Pfeil abzukriegen, der für einen Feind bestimmt war.

Schließlich blieb er stehen und stieß gedämpft den Ruf des Wolfes hervor. Fast unmittelbar kam die Antwort, und er rannte beruhigter weiter. Alsbald erhob sich eine kräftige Gestalt in der Dunkelheit vor ihm und flüsterte:

»Cormac! Bei Thor, wir hatten schon befürchtet, du hättest sie nicht überlisten können ...«

»Pah, sie sind schwerfällige Dummköpfe«, entgegnete der Gäle abfällig. »Aber ich weiß nicht, ob wir mit meinem Plan Erfolg haben werden. Wir sind nur etwa siebzig, und sie über dreihundert.«

»Siebzig? Wieso?«

»Wir haben jetzt ein paar Verbündete – kennst du Hakon, Rognors Unterführer?«

»Ja.«

»Er hat sich gegen Rognor gestellt und geht mit fünfzehn Jüten gegen ihn vor – oder wird es vielmehr bald tun. Komm, Wulfher, sammle deine Leute. Wir müssen wieder einmal das Glück herausfordern. Verlieren wir, sterben wir einen ruhmvollen Tod; siegen wir, bekommen wir ein gutes Langschiff, und du – deine Rache!«

»Rache!« murmelte Wulfher erfreut. Seine Augen glitzerten grimmig im Mondschein, und seine Prankenhand schloß sich wie Eisen um den Griff seiner Streitaxt. Ein rotbärtiger Riese war der Däne, so groß wie der Gäle, doch von noch kräftigerem Körperbau. Ihm fehlte zwar die tigerhafte Geschmeidigkeit Cormacs, doch das machte seine massive Härte wett. Sein gehörnter Helm erhöhte die barbarische Wildheit seines Aussehens.

»Heraus, Wölfe!« rief er in die Dunkelheit hinter sich. »Kein Verstecken mehr vor Rognors Schurken – wir werden jetzt die Raben füttern! Osric – Halfgar – Edric – Athelgard – Aslaf ... Heraus, Wölfe, unsere Fänge kriegen zu tun!«

Wie aus der Nacht und den Schatten der düsteren Bäume geboren, nahmen die Krieger lautlos Form an.

Nur wenig wurde gesprochen, und die einzigen Geräusche waren das gelegentliche Rasseln einer Gürtelkette und das Schaben einer Schwertscheide. Hintereinander folgten sie ihren Führern, und Cormac, der einen Blick zurückwarf, sah lediglich eine Schlange vager Gestalten, nicht mehr als dunklere Schatten in den Schatten, mit sich leicht von den Helmen abhebenden Hörnern. In seiner regen keltischen Phantasie erschien es ihm, als führe er eine Schar gehörnter Dämonen durch den mitternächtlichen Wald.

Auf der Kuppe einer niedrigen Anhöhe blieb Cormac so abrupt stehen, daß der ihm dichtauf folgende Wulfher gegen ihn prallte.

Die stahlharten Finger des Gälen legten sich um den Arm des Wikingers und gemahnten ihn zum Schweigen. Vor ihnen wurde plötzliches Gemurmel sowie das Rasseln von Waffen laut, und nun war auch schon deutlich Fackelschein durch die Bäume zu sehen.

»Nieder!« zischte Cormac, und Wulfher gab den Befehl nach hinten weiter. Wie ein Mann warfen sich alle nieder und gaben keinen Laut von sich. Die Geräusche näherten sich, das Trampeln vieler Füße. Schließlich kam eine buntgemischte Horde in Sicht. Rognors Männer leuchteten alle Seiten des Waldes ab, was seine drohende Dunkelheit nur erhöhte. Sie folgten einem kaum erkennbaren Pfad, der quer zu Cormacs Marschrichtung verlief. Ihnen voraus stapfte Rognor mit grimmigem Gesicht und finsterem Blick. Er kaute im Gehen an seinem Bart, und das gewaltige Schwert in seiner Hand zitterte leicht. Unmittelbar hinter ihm schritten seine Getreuen stumm dicht beisammen, und ihnen wiederum folgte weiter auseinander der Rest der Krieger.

Beim Anblick seines Feindes erbebte Wulfher wie im Schüttelfrost. Unter Cormacs beschwichtigenden Händen schwollen die Muskeln seines Arms zu Kuppen aus Eisen.

»Ein Pfeilhagel, Cormac«, flüsterte er mit haßerfüllter Stimme. »Wir decken sie mit Pfeilen ein und stoßen mit den Klingen nach ...«

»Nein! Nicht jetzt!« zischte der Gäle. »Rognor hat fast dreihundert Mann bei sich. Er läuft uns in offene Messer. Wir dürfen uns die Chance nicht entgehen lassen, die die Götter uns zugespielt haben! Bleib still liegen und laß sie vorbeiziehen!«

Nicht das geringste Geräusch verriet die Anwesenheit der etwa fünfzig Dänen, die wie die Schatten bevorstehender Vernichtung auf der Anhöhe lagen. Die Nordmänner zogen unten schräg vorbei und verschwanden wieder im Wald, ohne die Männer auch nur zu ahnen, die sie grimmig beobachteten. Cormac nickte. Er hatte recht gehabt, als er annahm, daß Rognor nicht bis zum Morgen warten würde, ehe er die Insel nach seiner Gefangenen und ihrem Entführer absuchte. Hier im Wald, wo fünfzig Mann den Augen der Suchenden zu entgehen vermochten, konnte Rognor kaum hoffen, die Flüchtenden zu finden. Doch die Wut, die in dem Nordmann brannte, gestattete ihm nicht zu ruhen, solange jene frei waren, die es gewagt hatten, ihm zu trotzen. Ein Wikinger in Wut konnte nicht tatenlos herumsitzen, selbst wenn Handeln ihm nichts einbrachte. Cormac kannte dieses seltsame wilde Volk besser als es sich selbst.

Erst als das Waffenrasseln nicht mehr zu hören und

auch kein vereinzelter Fackelschein zu sehen war, gab Cormac den Befehl zum Weitermarsch. Schneller denn zuvor eilten sie weiter, bis sie Lichter vor sich sahen. Schließlich kauerten sie sich hinter die hohen Bäume am Rand der Lichtung und blickten hinaus auf die Siedlung Rognors des Roten. In der großen Halle und in vielen der kleineren Hütten brannte Licht, doch nur wenige Krieger waren zu sehen. Offenbar hatte Rognor die meisten auf seine nutzlose Suche mitgenommen.

»Was nun, Cormac?« erkundigte sich Wulfher.

»Hakon müßte bereits hier sein«, antwortete Cormac. Gerade als er das vereinbarte Zeichen geben wollte, kam ein Mann mit einer Fackel um die Ecke eines Stalles in der Nähe. Die hinter den Bäumen Versteckten sahen, wie sein Schritt plötzlich stockte und er angespannt in ihre Richtung starrte. Irgendein Geräusch mußte seine Aufmerksamkeit erregt haben.

»Verfluchtes Pech!« knirschte Wulfher. »Er kommt geradewegs auf uns zu. Edric, schieß auf ihn ...«

»Nein!« flüsterte Cormac. »Töte nie, wenn es nicht nötig ist! Wartet!«

Der Gäle verschwand wie ein Geist in der Dunkelheit. Der Mann kam, die Fackel schwenkend, neugierig, aber offenbar nicht mißtrauisch auf den Waldrand zu. Nun hatte er die Bäume erreicht, und das Fackellicht fiel voll auf Wulfher, der in grimmigem Schweigen reglos wie eine Statue stand.

»Rognor!« Der flackernde Schein war trügerisch. Der Mann sah lediglich einen kräftigen rotbärtigen Riesen. »So schnell zurück? Habt ihr die beiden ...«

Er verstummte mitten im Satz, als er plötzlich die roten Bärte und fremden Gesichter der schweigenden

Männer hinter Wulfher sah. Sein Blick huschte zu dem Anführer zurück, und seine Augen weiteten sich vor Schrecken. Er öffnete den Mund, doch in diesem Augenblick schlang sich ein eisenharter Arm um seinen Hals und verhinderte seinen Schrei. Wulfher schlug ihm die Fackel aus der Hand. Der Mann wurde in der Dunkelheit entwaffnet und mit Streifen seines eigenen Kittels gebunden.

»Sprich leise, und beantworte meine Fragen«, erklang ein unheilvolles Flüstern an seinem Ohr. »Wie viele Krieger befinden sich noch im Lager?«

Der Mann war in der Schlacht gewiß ein tapferer Krieger, doch dieser unerwartete Überfall hatte ihn zutiefst erschreckt, und nun, hier in der Dunkelheit, umringt von Erzfeinden und diesem dämonischen Gälen, der in sein Ohr flüsterte, gefror des Nordmanns Blut zu Eis.

»Dreißig«, krächzte er.

»Wo sind sie?«

»Die Hälfte etwa im *Skalli,* der Rest in den Hütten.«

»Gut«, brummte Cormac. »Knebelt ihn, dann nehmen wir ihn mit. Doch jetzt wartet erst mal, bis ich Hakon finde.«

Er stieß den Ruf eines schläfrigen Vogels aus und wiederholte ihn zweimal. Alsbald erklang der gleiche Ruf im Wald auf der anderen Seite der Lichtung.

»Bleibt hier«, befahl der Gäle und schwand wie ein Schatten aus den Blicken Wulfhers und auch der anderen.

Vorsichtig schlich er am Waldrand im Schutz der Bäume entlang, bis ihm ein kaum merkliches Rascheln verriet, daß Hakons Leute vor ihm sein mußten. Wieder stieß er den Vogelruf hervor und hörte sogleich

Hakons geflüsterte Warnung. Hinter dem jungen Wikinger sah Cormac vage dessen Männer.

»Bei den Göttern«, murmelte er ungeduldig, »ihr macht genug Krach, selbst Cäsar aus dem Schlaf zu wecken. Bestimmt hätten die hier Zurückgebliebenen nachgesehen, wenn sie euch nicht für eine Herde Büffel gehalten hätten – wer ist das?«

An Hakons Seite stand eine zierliche Gestalt in Rüstung und mit Schwert, die winzig zwischen den riesenhaften Kriegern wirkte.

»Tarala«, antwortete Hakon. »Sie hat sich geweigert, in den Bergen zu bleiben und sich dort zu verkriechen – also suchte ich nach einer Rüstung, die ihr nicht allzu groß war und ...«

Cormac fluchte hitzig. »Na, meinetwegen. So, aber jetzt hört mir alle gut zu. Seht ihr die Hütte dort – die Gefangenenhütte, wie ihr sie nennt? Wir werden sie in Brand stecken.«

»Aber das Feuer wird Rognor doch herbeieilen lassen!« gab Hakor zu bedenken.

»Genau das will ich ja. Also, wenn die Krieger, durch das Feuer angelockt, herbeistürmen, stürzst du mit deinen Jüten aus dem Wald und greifst sie an. Schlagt so viele nieder, wie ihr nur könnt, doch sobald sie sich sammeln, um gegen euch vorzugehen, rennt ihr schnell in die Stallungen, was euch nicht schwerfallen sollte. Wenn ihr es richtig macht, dürftet ihr nicht einen Mann verlieren. Sobald ihr im Innern seid, verbarrikadiert ihr die Tür und verschanzt euch darin. Sie werden sie sicher nicht in Brand stecken, weil sie die vielen edlen Pferde nicht verlieren wollen. Ihr seid bestimmt imstand, sie gegen dreißig Mann zu halten.«

»Und was ist mit dir und deinen Dänen?« erregte sich Hakon. »Sollen wir die Hauptarbeit leisten und uns allein der Gefahr aussetzen, während ...«

Cormacs Hand schoß vor, und stahlharte Finger krallten sich in Hakons Schulter.

»Vertraust du mir oder nicht?« knurrte er. »Beim Blut der Götter, sollen wir die ganze Nacht mit Wortwechsel vergeuden? Siehst du denn nicht ein, daß die unliebsame Überraschung für Rognor bei Wulfhers Angriff dreimal so groß sein wird, wenn er geglaubt hat, daß er es nur mit euch zu tun hat? Mach dir keine Sorgen, wenn die Zeit gekommen ist, werden meine Dänen genug Blut trinken!«

»Schon gut.« Die willensstarke Persönlichkeit des Gälen überzeugte ihn. »Aber ihr müßt solange Tarala zu euch nehmen, damit sie nicht in Gefahr gerät ...«

»Niemals!« Das Mädchen stampfte mit dem zierlichen Fuß auf. »Ich werde an deiner Seite bleiben, Hakon, solange wir leben. Ich bin die Tochter eines britischen Prinzen und kann nicht weniger gut mit einem Schwert umgehen als deine Männer!«

Cormac grinste. »Nicht schwer zu erkennen, wer bei euch in der Familie wirklich das Sagen haben wird – aber komm jetzt mit, wir dürfen keine Zeit mehr verlieren. Laß sie solange bei deinen Männern.«

Während sie durch die Schatten huschten, wiederholte er seinen Plan mit leiser Stimme, und bald erreichten sie die Stelle, wo der Wald am dichtesten an die Gefangenenhütte heranreichte. Wachsam stahlen sie sich aus den Bäumen und rannten zur Hütte. Ein großer Baum stand nahe bei der Tür, und als sie daran vorbeirannten, schlug etwas schwer gegen Cormacs Gesicht. Schnell schoß seine Hand vor und bekam einen Fuß zu fassen. Er blickte erstaunt hoch und sah vage eine Gestalt, die über ihm baumelte.

»Dein Wächter«, knurrte er. »Das war schon immer Rognors Art. Gerät er in Wut, hängt er den Nächstbesten. Eine schlimme Gewohnheit. Merk dir das, Hakon, töte nie, wenn es auch anders geht.«

Das Holz der Hütte war trocken, und einige Funken, mit Stahl und Feuerstein geschlagen, genügten, um ein Feuer zu entzünden.

»Kehr jetzt zu deinen Männern zurück«, sagte Cormac, »und warte, bis Rognors Leute zwischen den Hütten auftauchen. Dann schlagt euch durch sie hindurch zum Pferdestall.«

Hakon nickte und rannte davon. Wenige Minuten später war Cormac bei seinen eigenen Leuten zurück, die ungeduldig brummelten, während die Flammen sich die Hüttenwand hochfraßen. Plötzlich erklangen vom *Skalli* Schreie. Männer stürmten daraus hervor und aus den Hütten, einige hellwach und gerüstet, andere verschlafen und nur halb bekleidet. Hinter ihnen waren Frauen und Sklaven zu sehen. Die Männer griffen nach Eimern voll Wasser und rannten damit zur Gefangenenhütte, und schon bald herrschte das bei einem Brand übliche Durcheinander. Die Männer rempelten einander an, brüllten sinnlose Anweisungen und versuchten vergebens, die Flammen zu löschen, die nun bereits tobend das Dach ergriffen hatten und so hoch loderten, daß Rognor sie sehen mußte, wo immer er auch war.

Mitten im Tumult erklangen Kampfrufe, und eine dichtgedrängte Gruppe Bewaffneter stürmte aus dem Wald und zwischen die völlig verblüfften Männer. Nach links und rechts hauend, schlugen sie sich einen

Weg durch die verwirrten Nordmänner und ließen Tote und Sterbende hinter sich.

Wulfher zitterte vor Erregung, und seine Dänen hinter ihm fieberten wie Jagdhunde an der Leine.

»Schlagen wir jetzt zu, Cormac?« fragte der Wikingerführer. »Meine Axt dürstet.«

»Geduld, alter Seewolf.« Cormac grinste grimmig. »Deine Axt wird genug zu trinken bekommen. Schau, Hakon und seine Männer haben den Pferdestall erreicht und schließen die Türen.«

So war es. Die Nordmänner hatten sich von ihrer Überraschung erholt und wollten sich mit der für ihr Volk charakteristischen Kampfeswut auf ihre Angreifer stürzen, doch noch ehe sie wirklich etwas unternehmen konnten, waren Hakon und seine Männer im Stall verschwunden, aus dem das Wiehern und Stampfen verstörter Pferde zu hören war.

Dieser Stall, der erbaut war, den vor Hunger wahnsinnigen Wölfen und den Unbilden eines baltischen Winters standzuhalten, war eine natürliche Festung, gegen deren schwere Balken die Äxte der Belagerer vergebens donnerten. Die einzige Möglichkeit, etwas auszurichten, war durch die Fenster. Die schützenden Querbalken waren schnell durchgehackt, aber angesichts der drohenden Schwerter der Verteidiger hindurchzuklettern, war weitaus schwieriger. Wie Cormac vermutet hatte, dachte niemand daran, ihn anzuzünden, weil keiner die wertvollen Pferde gefährden wollte. Auch Pfeile hineinzuschießen, kam nicht in Frage, denn damit konnten zu leicht die Pferde an Stelle des Gegners getroffen werden, da es im Innern viel zu dunkel war, um etwas zu erkennen. Im Freien jedoch war die ganze Siedlung durch die brennende

Hütte hell beleuchtet. Die Jüten waren zwar nicht gerade berühmt als Bogenschützen, aber einige von Hakons Männern konnten doch mit einem Bogen umgehen, und sie trafen so manchen der Nordmänner, die sie umzingelten.

Schließlich rief ein Wikinger: »Bestimmt hat Rognor das Feuer gesehen und kehrt zurück – Olaf, lauf du ihm entgegen und sag ihm, daß Hakon und seine Jüten sich im Pferdestall verschanzt haben. Wir belagern ihn so lange und sorgen dafür, daß sie nicht heraus können, bis Rognor hier ist. Dann sehen wir weiter.«

Ein Mann rannte los, und Cormac lachte zufrieden.

»Genau wie ich es erhofft hatte, Wulfher«, wandte er sich an den riesenhaften Dänen. »Die Götter sind uns heute nacht gnädig gesinnt. Aber ziehen wir uns weiter in die Schatten zurück, damit wir nicht versehentlich entdeckt werden.«

Dann folgte eine Zeit angespannten Wartens für alle: für die belagerten Jüten, die belagernden Nordmänner und die Dänen, die sich am Waldrand versteckt hatten. Das Feuer brannte nieder, und die Flammen wichen schwelender Glut. Über den Osthimmel zog ein erster heller Streifen. Ein Wind blies vom Meer und spielte mit den Blättern an den Bäumen. Und durch den Wald echoten die Schritte vieler Männer, das Rasseln von Stahl und tiefes, wütendes Brüllen. Cormacs Nerven waren gespannt wie die Saiten eines Zupfinstruments. Jetzt war der entscheidende Augenblick. Wenn Rognors Männer auf die Lichtung stürmten, ohne den verborgenen Feind zu bemerken, war alles gut. Cormac hieß die Dänen, sich auf den Boden zu legen, und wartete mit klopfendem Herzen.

Wieder kam Fackelschein durch die Bäume näher, und Cormac stellte mit einem Seufzer der Erleichterung fest, daß Rognor aus einer anderen Richtung kam als aus der, die er beim Auszug genommen hatte. Die buntgewürfelte Schar strömte fast genau den Dänen gegenüber aus dem Wald.

Rognor brüllte wie ein wilder Stier und schwang seinen Bihänder in mächtigem Bogen.

»Brecht die Türen ein!« schrie er. »Folgt mir! Zerschmettert die Wände!«

Mit Rognor und seinen Getreuen an der Spitze stürmte die Meute über die Lichtung.

Wulfher war aufgesprungen, und seine Männer erhoben sich hinter ihm. In den Augen des Wikingerführers blitzte die Kampfeslust.

»Warte doch!« Cormac hielt ihn zurück. »Warte, bis sie den Stall erreicht haben!«

Rognors Wikinger stürzten geradewegs auf den Stall zu. Sie drängten sich an den Fenstern, hieben und stachen auf die Schwerter ein, die ihnen den Weg verwehrten. Das Waffengeklirr war ohrenbetäubend. Es erschreckte die Pferde, so daß sie schrill wieherten und donnernd gegen die Wände ihrer Boxen schlugen, während die schweren Türen unter dem Hämmern zahlloser Äxte erbebten.

»*Jetzt!*« Cormac sprang auf die Füße, und ein plötzlicher Pfeilhagel zischte über die Lichtung. Reihenweise fielen die Nordmänner. Der Rest drehte sich verwirrt zu dem ungeahnten Feind um. Die Dänen konnten mit dem Bogen ebensogut umgehen wie mit dem Schwert. Im Bogenschießen übertrafen sie alle anderen Völker des Nordens. Während sie nun aus ihrem Versteck herausrannten, schossen sie mit unfehlbarer Sicherheit. Aber die Nordmänner gaben sich nicht geschlagen. Zwar nahmen sie bei diesem unerwarteten Angriff ihres rotmähnigen Feindes an, daß eine gewaltige Streitmacht gegen sie war, trotzdem stürmten sie ihm mit der unerschrockenen Kühnheit ihrer Rasse entgegen.

Nachdem sie ihre letzten Pfeile aus nächster Nähe abgeschossen hatten, ließen die Dänen ihre Bogen fallen und stürzten sich mit teuflischem Gebrüll ins Gemetzel.

An Zahl war der Feind ihnen weit überlegen, doch die Überraschung hatte ihnen einen Vorteil verschafft, und die Pfeile verlangten einen gewaltigen Zoll. Trotzdem, das wußte Cormac genau, der mit blutigem Schwert um sich hieb und stach, lag ihre einzige Chance in einem raschen Sieg. Zog der Kampf sich in die Länge, konnte es keinen Zweifel geben, daß die weit zahlreicheren Nordmänner siegen würden. Hakon und seine Jüten machten einen Ausfall und griffen ihre ehemaligen Kameraden von dieser Seite aus an. Das erste Licht des Tages fiel auf eine mörderische Schlacht.

Rognor! dachte Cormac, während er automatisch einer Streitaxt auswich und ihren Besitzer durchbohrte. Rognor muß rasch fallen, sonst ist mein Plan nicht durchführbar.

Da sah er Wulfher und Rognor durchs Getümmel einander entgegenstreben. Ein Däne, der wütend nach dem Nordmann stieß, starb mit zerschmettertem Schädel, und schon fielen die zwei rotbärtigen Riesen übereinander her. All der aufgestaute Haß vieler Jahre schaffte sich nun Luft. Die Horden beider Seiten hielten im Gemetzel inne, um dem Zweikampf ihrer Führer zuzusehen.

An Statur und Kraft waren die beiden gleich. Rognor war mit einem gewaltigen Schwert bewaffnet, das er mit beiden Händen führte, während Wulfher einen schweren Schild und eine langschäftige Streitaxt hielt. Schon Rognors erster mächtiger Hieb spaltete den Schild. Wulfher warf ihn wütend von sich, und sein Schlag trennte ein Horn von Rognors Helm ab. Der Nordmann brüllte wie ein Stier und schwang seine Klinge nach des Dänen Beinen, doch mit einer Leichtigkeit, die für sein Gewicht erstaunlich war, sprang Wulfher hoch in die Luft und hieb die Axt auf Rognors Kopf hinab. Die schwere Waffe prallte von dem dicken Eisen ab, trotzdem ging der Nordmann schnaubend in die Knie. Doch noch während der Däne die Axt zu einem weiteren Schlag hob, hatte sich Rognor wieder erhoben, und seine muskelschwellenden Arme schwangen das Schwert in weitem Bogen, daß es mit aller Gewalt gegen Wulfhers Helm schmetterte. Die riesige Klinge zersprang krachend. Wulfher taumelte rückwärts, und Blut rann ihm in die Augen. Wie ein verwundeter Tiger schlug er mit der ganzen Kraft seines Gewichts zurück, und sein blind geführter, ungeheurer Hieb drang durch Rognors Helm und spaltete den Schädel darunter. Die Krieger beider Seiten schrien staunend über diesen ungewöhnlichen Schlag auf, während der tote Rognor zu Wulfhers Füße stürzte. Schon im nächsten Moment ging der geblendete Däne unter dem Ansturm von Rognors Getreuen, die ihren Führer rächen wollten, zu Boden.

Mit einem donnernden Kampfschrei sprang Cormac in das Getümmel, und sein Schwert errichtete einen Todesschild über den Freund, der einige seiner Angreifer zu sich zum Boden gerissen hatte und nun mit ihnen auf der blutigen Erde rang. Die Dänen drängten zur Hilfe ihrer beiden Anführer heran, und ein wahrer Mahlstrom aus Stahl bildete sich rings um sie. Cormac sah sich Rane gegenüber, einem von Rognors besten Kriegern, während Hakon gegen Halfgar kämpfte. Cormac lachte. Erst am Morgen hatte er mit Rane, einem hageren, zottigen Wolf von Mann, die Klingen gekreuzt und wußte alles über dessen Kampfweise. Er parierte flink einen Hieb von oben, bediente sich einer geschickten Finte, die den andern zur Unbedachtsamkeit verleitete, und schon steckte des Gälen Klinge in Ranes Herz.

Dann drehte er sich zu Hakon um, der schwer bedrängt wurde. Halfgar, der noch größer als Wulfher war, überragte ihn um einiges und hieb in so rascher Folge mit gewaltigen Schlägen auf seinen Schild ein, daß Hakon gar nicht zu einem Gegenangriff kam. Ein ungewöhnlich heftiger Schlag drückte ihm den Helm über die Augen, und einen Moment verlor er die Klinge des andern aus dem Blick. Es hätte ihn das Leben gekostet, wäre nicht eine mädchenhafte Gestalt vor ihn gesprungen, die den Hieb mit der eigenen Klinge abfing, doch seine ungeheure Kraft zwang sie in die Knie. Das Schwert des Riesen schwang erneut zum Schlag – doch in diesem Augenblick drang Cormacs Klingenspitze in den Stiernacken unmittelbar über der Rüstung.

Schon wirbelte der Gäle herum, denn ein kräftiger Krieger schwang die Streitaxt hoch über dem immer noch liegenden Wulfher. Cormac, der lieber die Schwertspitze benutzte, bewies, daß er sehr wohl auch die Schneide einzusetzen wußte. Sie sauste auf Wulfhers Angreifer herab und traf dessen Schädel tödlich.

Dann faßte er Wulfher an den Schultern und zerrte ihn, der brüllte und fluchte, von den Gegnern weg, die er zu erdrosseln versucht hatte, und aus dem Gemenge.

Ein schneller Blick zeigte ihm, daß Rognors Getreue unter den Äxten der Dänen gefallen waren und daß der Rest der Nordmänner nach dem Tod ihres Anführers nur noch halbherzig kämpfte. Dann geschah, was er erhofft hatte. Ein Nordmann brüllte plötzlich: »Der Wald ist voll Dänen!» Und die seltsame, unerklärliche Panik, wie sie die Menschen manchmal befällt, packte die Nordmänner. Schreiend wichen sie zurück und flohen zum *Skalli*. Wulfher schüttelte sich das Blut aus den Augen, brüllte nach seiner Axt und hätte seine Männer hinter den Fliehenden hergeschickt, hätte Cormac ihn nicht daran gehindert. Seine rasch gebrüllten Befehle hielten die Dänen vor einem Sturm auf das *Skalli* zurück, in dem die Nordmänner sich verschanzten und bereit waren, ihr Leben so teuer zu verkaufen, wie nur Menschen es vermögen, die sich in die Enge getrieben fühlen.

Auf Cormacs Aufforderung rief Hakon, daß man es in der Halle hören konnte: »Ho, Krieger, hört ihr mich?«

»Wir hören, Hakon«, kam die Antwort durch ein vergittertes Fenster. »Aber komm nicht näher. Wir mögen zwar verloren sein, aber wir werden viele mit uns in den Tod nehmen, wenn du das *Skalli* stürmen willst.«

»Ich habe keinen Streit mit euch«, entgegnete Hakon. »Ich betrachte euch immer noch als meine Freunde, auch wenn ihr zugelassen habt, daß Rognor mich band und in die Gefangenenhütte warf. Doch das ist vorbei. Wir wollen es vergessen. Rognor ist tot und seine Knechte mit ihm. Jetzt habt ihr keinen Führer mehr. Im Wald wimmelt es von Dänen, die nur auf mein Zeichen warten. Doch würde ich es nur ungern geben, denn dann werden sie das *Skalli* niederbrennen, und euch allen, ob Mann, Frau oder Kind, die Kehlen aufschlitzen. Nun hört mir gut zu: Wenn ihr mich als euren Führer anerkennt und mir Treue schwört, wird euch nichts geschehen.«

»Was ist mit den Dänen?« rief jemand. »Wie könnten wir ihnen trauen?«

»Ihr vertraut mir, oder nicht? Habe ich je mein Wort gebrochen?«

»Nein«, gaben sie zu. »Nie.«

»Gut. Ich schwöre euch, daß die Dänen sich nicht für euch interessieren. Ich habe ihnen ein Schiff versprochen. Dieses Versprechen muß ich halten, damit sie in Frieden abziehen. Aber wenn ihr bereit seid, mir auf den Wikingerpfad zu folgen, können wir bald ein neues erobern oder uns eines bauen. Und noch etwas: Neben mir steht das Mädchen, das mein Weib werden wird. Es ist die Tochter eines britischen Prinzen, die mir die Hilfe ihres Volkes bei allen unseren Unternehmungen versprochen hat. Mit Freunden auf dem britischen Festland ist uns ein Stützpunkt sicher, von dem aus wir nach Herzenslust Plünderzüge gegen Angeln und Sachsen unternehmen können – und mit Hilfe von Taralas Briten können wir vielleicht ein eigenes Reich in Britannien gründen, wie Cerdic, Hengist und Horsa es getan haben. Also antwortet jetzt: Wollt ihr mich zum Führer?«

Ein kurzes Schweigen folgte, während die Wikinger sich offenbar berieten. Dann brüllte ihr Sprecher schließlich: »Wir sind mit allem einverstanden, o Hakon!«

Hakon legte sein schartiges, blutiges Schwert ab und ging unbewaffnet auf das *Skalli* zu. »Und schwört ihr mir die Treue beim Stier, beim Schwert und beim Feuer?«

Die große Tür schwang auf, und bärtige Gesichter blickten Hakon entgegen. »Wir schwören es. Unsere Schwerter stehen unter deinem Befehl.«

»Und wenn sie herausfinden, daß wir sie überlistet haben, werden sie ihm den Hals durchschneiden und uns ebenfalls«, brummte Wulfher und wischte sich das Blut aus dem Gesicht.

Cormac lächelte und schüttelte den Kopf. »Sie haben geschworen und werden ihren Eid nicht brechen. Bist du schlimm verwundet?«

»Es geht«, grollte der Riese. »Ein Schnitt im Schenkel und ein paar kleinere an den Armen und Schultern. Und daran ist nur das verfluchte Blut schuld, das mir in die Augen rann, als Rognors Schwert durch meinen Helm drang und meine Kopfhaut aufriß ...«

»Dein Schädel ist härter als dein Helm, Wulfher.« Cormac lachte. »Wir müssen uns jetzt um unsere Verwundeten kümmern. Etwa zehn unserer Männer sind gefallen, und alle anderen sind mehr oder minder verletzt. Auch einige der Jüten hat es getroffen. Aber bei den Göttern, das *war* eine Schlacht!«

Er deutete auf die zahllosen Gefallenen der Nordmänner, die von Pfeilen oder Klingen niedergestreckt umherlagen.

Die Sonne, die am strahlend blauen Himmel noch nicht ganz im Mittag stand, schimmerte auf den sich im Wind blähenden Segeln des Langschiffs, das es danach drängte, in See zu stechen. Auf dem Deck stand abschiednehmend eine kleine Gruppe.

Cormac gab Hakon die Hand. »Es war eine gute Nacht für uns. Vor wenigen Stunden noch warst du ein todgeweihter Gefangener, und Wulfher und ich waren mit unseren Leuten gejagte Geächtete. Jetzt bist du Herr von Ladbhan und der Führer einer großen Schar tapferer Wikinger. Und Wulfher und ich haben ein gutes Schiff unter den Füßen – wenngleich es etwas unterbemannt ist. Doch das wird sich ändern, sobald die Dänen hören, daß Wulfher und Cormac Mac Art Männer brauchen.«

»Und du ...« Er wandte sich an das Mädchen neben Hakon, das immer noch die für ihre zierliche Figur übergroße Rüstung trug. »... bist wahrhaftig eine Walküre, eine Schildmaid. Deine Söhne werden Könige sein.«

»Ja, das werden sie«, brummte Wulfher. Er griff nach Taralas schmaler Hand, die sich in seiner gewaltigen Pranke verlor. »Wenn ich am Heiraten interessiert wäre, würde ich vielleicht Hakons Kehle durchschneiden und dich für mich nehmen. Doch der Wind wird stärker, und es drängt mich danach, das Deck unter meinen Füßen schwanken zu spüren. Das Glück sei mit euch allen!«

Hakon, seine Braut und die paar Nordmänner in ihrer Begleitung stiegen in das Boot hinab, das sie an Land zurückbringen sollte. Auf Wulfhers Befehl warfen die Dänen die Leinen los, und die Ruderer legten sich in die Riemen. Die kleine Gruppe im Boot und die Wikinger am Strand blickten dem Langschiff nach.

»Was jetzt, alter Wolf?« fragte Wulfher und versetzte

Cormac einen Schlag zwischen die Schulterblätter, der ein Pferd gefällt hätte. »Wohin? Bestimm du es!«

»Zunächst zur Insel der Schwerter, um unsere Mannschaft zu ergänzen«, antwortete der Gäle mit glänzenden Augen. »Und dann ...« Tief atmete er den salzigen Geruch des Seewinds ein. »... *Skoal* für den Wikingerpfad, und auf zum Ende der Welt!«

Die Nacht des Wolfs

Thorwald Schildhauers Blick schweifte von den drohend glitzernden Augen des Mannes vor ihm über die ganze Länge seines großen *Skalli*. Er ließ keinen seiner Krieger und Unterführer aus, die in voller Rüstung, mit dem gehörnten Helm auf dem Kopf, in langen Reihen an den Tischen saßen und zu essen aufgehört hatten, um sich kein Wort entgehen zu lassen.

Thorwald Schildhauer lachte. Gewiß, der Mann, der ihm gerade trutzige Worte ins Gesicht geschleudert hatte, sah verglichen mit den kräftigen Riesen in der Halle nicht sonderlich beeindruckend aus. Er war gedrungen, sehr muskulös und hatte ein glattes, dunkles Gesicht. Alles was er trug waren grobe Sandalen, ein ledernes Lendentuch und ein breiter Ledergürtel, an dem ein scharfes Kurzschwert hing. Ein schmaler Silberreif hielt seine geradegeschnittene schwarze Mähne zusammen. Seine schwarzen Augen brannten vor ungebändigtem Haß, und sein üblicherweise unbewegtes Gesicht war wutverzerrt.

»Vor einem Jahr«, sagte er gebrochen in der Sprache der Nordmänner, »seid ihr nach Golara gekommen. Ihr wolltet nur Frieden, habt ihr gesagt, unsere Freunde wolltet ihr sein und uns vor Überfällen anderer eurer verfluchten Rasse schützen. Narren waren wir, daß wir einem Seeräuber vertrauten. Wir brachten euch Wildbret und Fische, fällten Bäume für eure Hütten und schützten euch vor jenen unseres Volkes, die klüger, nicht so vertrauensselig wie wir waren. Damals wart ihr nicht viel mehr als eine Handvoll mit eurem Langschiff. Doch kaum war euer Fort erbaut, kamen immer mehr. Jetzt zählt ihr vierhundert, und am Strand liegen sechs Drachenschiffe.

Nur zu bald seid ihr hochmütig und überheblich geworden, habt unsere Häuptlinge beleidigt, unsere jungen Männer geprügelt – und seit kurzem raubt ihr auch noch unsere Frauen und mordet unsere Kinder und Krieger.«

»Was erwartet ihr von mir?« fragte Thorwald zynisch. »Ich habe mich erboten, für jeden eurer Krieger, den meine grundlos töteten, Blutgeld zu bezahlen. Und was eure Weiber und Bälger betrifft, ein Krieger sollte sich nicht mit solchen Kleinigkeiten befassen.«

»Blutgeld!« Die dunklen Augen des Häuptlings blitzten noch mehr. »Kann Silber vergossenes Blut zurückbringen? Was bedeutet uns Inselmenschen schon Silber! Und ja, die Frauen anderer Rassen schätzt ihr gering ein, das weiß ich. Aber ihr werdet noch feststellen, daß ihr mit Frauen des Waldvolks nicht so umspringen könnt!«

»Das genügt!« unterbrach ihn Thorwald scharf. »Sag, was du sagen wolltest, und verschwinde dann. Wir, die wir euch weit überlegen sind, haben Besseres zu tun, als deinem Geschwätz zuzuhören.«

Obgleich die Augen des andern wölfisch brannten, überging er diese Beleidigung.

»Geht!« Er deutete seewärts. »Kehrt zurück nach Norwegen oder in die Hölle, oder wo immer ihr hergekommen seid. Wenn ihr uns von eurer Anwesenheit befreit, lassen wir euch in Frieden ziehen. Ich, Brulla, ein Häuptling von Hjaltland, habe gesprochen.«

Thorwald lehnte sich zurück und lachte schallend. Seine Männer fielen in sein Gelächter ein, und die rußigen Deckenbalken bogen sich schier unter dem spöttischen Gebrüll.

»O du Narr!« höhnte der Nordmann. »Glaubst du wirklich, daß ein Wikinger je etwas aufgibt, das er an sich gebracht hat? Ihr Pikten wart dumm genug, uns willkommen zu heißen – jetzt sind wir die Stärkeren. Wir aus dem Norden herrschen! Auf die Knie, Narr! Dank den Göttern, daß wir euch am Leben und uns dienen lassen, statt euch Ungeziefer völlig auszurotten. Doch von jetzt an sollt ihr nicht mehr als das Freie Volk von Golara bekannt sein – o nein, ihr werdet die silbernen Halsbänder der Sklaven tragen, und jeder wird erkennen, daß ihr Thorwalds Leibeigene seid!«

Das Gesicht des Pikten wurde fahl, und er verlor die Selbstbeherrschung.

»Narr!« stieß er so laut hervor, daß seine Stimme durch die Halle dröhnte wie klirrende Schwerter in der Schlacht. »Du hast euren Untergang besiegelt! Ihr Nordmänner herrscht über alle Völker, das bildet ihr euch wohl ein! Nun, manche mögen sterben, ehe sie einem fremden Herrn dienen! Denk daran, du blondes Schwein, wenn der Wald um euer Fort zum Leben erwacht und dein *Skalli* in Flammen aufgeht und in Strömen von Blut versinkt. Wir von Golara beherrschten die Welt, als eure Vorfahren noch mit den Wölfen der arktischen Wälder heulten. Wir beugen uns keinen wie euch. Die Hunde des Todes heulen vor eurem Tor, und ihr werdet sterben, du Thorward Schildhauer, und du, Aslaf Jarltöter, und du, Grimm Snorris Sohn, und du, Osric, und du, Hakon Skel, und ...« Der Finger des Pikten, der der Reihe nach auf jeden der flachshaarigen Wikingerführer gedeutet hatte, stockte kurz. Der Mann neben Hakon Skel unterschied sich auffallend von allen anderen. Nicht, daß er auch nur eine Spur weniger wild und grimmig aussah als die anderen – im Gegenteil, mit dem dunklen narbigen Gesicht und den schmalen, kühlen grauen Augen wirkte er sogar noch finsterer als der Rest. Aber er war schwarzhaarig, bartlos, und statt des Schuppenpanzers der Nordmänner trug er ein Kettenhemd, die Art von Rüstung, wie irische Waffenschmiede sie herstellten. Auch sein neben ihm liegender Helm war anders als der der Wikinger: Statt Hörner hatte er einen mit Pferdehaar verzierten Kamm.

Der Pikte überging ihn und beendete seine Drohung mit dem Mann neben ihm: »Und du, Hordi Rabe.«

Aslaf Jarlstöter, ein hochgewachsener Unterführer, aus dessen Zügen Grausamkeit sprach, sprang auf. »Bei Thors Blut, Thorwald, müssen wir uns die Unverschämtheiten dieses Schakals anhören? Ich, der ich zu meiner Zeit einen Jarl getötet habe ...«

Thorwald bedeutete ihm mit einer Handbewegung zu schweigen. Der Seekönig war ein blondbärtiger Riese mit herrischem Blick. Allein schon seine Haltung und sein Tonfall zeugten von seiner gewaltigen Willenskraft und unerbittlichen Entschlossenheit.

»Du hast viel und laut gesprochen, Brulla«, sagte er sanft. »Vielleicht hat dich das durstig gemacht.«

Er streckte dem Pikten ein randvolles Trinkhorn entgegen, und in seiner Überraschung griff der Mann automatisch danach. Da schleuderte Thorwald ihm mit einer flinken Drehung des Handgelenks den Inhalt ins Gesicht. Brulla schrie vor Wut schrill auf. Blitzschnell zog er das Schwert und sprang den Hohnlächelnden an. Aber das Gebräu brannte ihm in den Augen, und Thorwalds nicht weniger schnell gezücktes Schwert parierte die blinden Streiche, begleitet von Thorwalds spöttischem Lachen. Da packte Aslaf eine Bank und schmetterte sie auf den Pikten, daß er betäubt und blutend vor Thorwalds Füße stürzte. Hakon Skel zog den Dolch, aber Thorwald hielt ihn zurück.

»Kein Ungezieferblut soll den Boden meines *Skallis* besudeln«, knurrte er. »Ho, Männer, schleppt dieses Aas hinaus.«

Ein paar Männer sprangen eifrig herbei. Der halb bewußtlose Brulla mühte sich unsicher auf die Knie, getrieben von dem übermächtigen Kampfinstinkt seiner Rasse und seiner Zeit. Mit Schilden, Speerschäften und flachen Axtklingen schlugen sie ihn wieder nieder und hieben auf den wehrlos am Boden liegenden ein, bis er sich nicht mehr rührte. Dann zerrten sie ihn mit grausamen Scherzen an den Füßen durch die Halle, daß seine Arme über den Boden streiften, und warfen ihn mit einem zusätzlichen Fußtritt verächtlich durch die Tür. Schlaff blieb der Piktenhäuptling mit dem Gesicht im Staub liegen, während Blut aus seinem zerschmetterten Mund den Boden färbte – als Zeichen der grausamen Macht der Wikinger.

Lachend leerte Thorwald an der langen Tafel einen schäumenden Becher Bier.

»Ich sehe schon, wir müssen eine Piktenjagd veranstalten«, sagte er. »Wir werden dieses Ungeziefer aus dem Wald vertreiben, sonst schleichen sie sich nachts ans Fort und lassen ihre Pfeile über die Palisaden schwirren.«

»Das wird vielleicht eine Jagd!« rief Aslaf fluchend. »Es bringt uns zwar keinen Ruhm, solche Reptilien zu bekämpfen, aber wir können sie immerhin wie Wölfe jagen ...«

»Du und dein ewiges Gerede von Ruhm!« brummte Grimm Snorris Sohn säuerlich. Grimm war alt, hager und vorsichtig.

»Du sprichst von Ruhm und Reptilien«, höhnte er. »Aber der Biß einer aufgebrachten Schlange kann einen König töten – ich sage dir, Thorwald, du hättest diesen Leuten gegenüber etwas vorsichtiger sein sollen. Immerhin sind sie zehnmal so viele wie wir ...«

»Aber nackt und feig«, unterbrach ihn Thorwald sorglos. »Ein einziger Nordmann ist fünfzig von ihnen wert. Und wenn wir schon von Vorsicht sprechen, wer ist es denn, der durch seine Krieger Piktenmädchen rauben läßt? Genug gefaselt, Grimm. Wir haben anderes zu besprechen.«

Der alte Grimm brummte in seinen Bart, und Thorwald wandte sich dem hochgewachsenen, muskulösen Fremden zu, dessen Miene während all der Vorgänge unbewegt geblieben war. Thorwalds Augen verengten sich leicht und glitzerten unmerklich wie die einer Katze, die mit der Maus spielt, ehe sie sie verschlingt.

»Partha Mac Othna«, er sprach den Namen gedehnt aus, »es ist seltsam, daß ein so mächtiger Seeräuber, der du ja sicher bist – obwohl ich zugeben muß, daß ich deinen Namen noch nie gehört habe – allein in einem kleinen Boot zu einer fremden Niederlassung kommt.«

»Gar nicht so seltsam, denn sicher hätte es euch nicht gefallen, wäre ich mit einem Schiff und allen meinen Männern gekommen«, entgegnete der Gäle. »Denn jeder von ihnen steht in Blutfehde mit wenigstens einem halben Dutzend Nordmännern. Hätte ich sie mitgebracht, so wären sie und deine Krieger einander an den Hals gesprungen, ohne daß du und ich es hätten verhindern können. Doch obgleich wir hin und wieder gegeneinander kämpfen, brauchen wir doch einer alten Rivalität wegen nicht auf einen gemeinsamen Vorteil zu verzichten.«

»Es stimmt. Wikinger und irische Seeräuber sind nicht gerade Freunde.«

»Deshalb setzte ich ein Boot aus, als mein Schiff an der unteren Inselspitze vorbeifuhr, und ruderte allein mit der weißen Fahne an Land. Und, wie du weißt, kam ich bei Sonnenuntergang hier an. Mein Schiff fuhr weiter nach Makki Head und wird mich im Morgengrauen an derselben Stelle wieder an Bord nehmen.«

»So so«, murmelte Thorwald mit dem Kinn auf die Faust gestützt. »Und wie ist das mit meinem Gefangenen. Erklär es mir genauer, Partha Mac Othna.«

Dem Gälen schien, als lege der Wikinger eine besondere Betonung in den Namen, aber er antwortete: »Das ist schnell erklärt. Die Dänen halten meinen Vetter Nial gefangen. Mein Clan kann jedoch das geforderte Lösegeld nicht bezahlen. Es ist keine Frage des Geizes, wir haben ganz einfach die Summe nicht. Doch wir hörten, daß du in einem Seekampf vor Helgoland mit einem Dänenschiff einen Häuptling gefangengenommen hast. Ich möchte ihn dir abkaufen. Vielleicht können wir mit seinem Stamm einen Austausch der beiden Gefangenen erzwingen.«

»Die Dänen kämpfen ständig untereinander, Loki verfluche sie! Wie kannst du da sicher sein, daß mein Däne nicht ein Feind derer ist, die deinen Vetter gefangenhalten?«

»Und wenn, um so besser«, entgegnete der Gäle grinsend. »Man bezahlt manchmal mehr, um einen Feind in die Gewalt zu bekommen, als man bereit ist, für einen Freund zu geben.«

Thorwald spielte mit dem Trinkhorn. »Das stimmt. Ihr Gälen seid gerissen. Was würdest du für diesen Dänen bezahlen, der sich Hrut nennt?«

»Fünfhundert Silberstücke.«

»Seine Leute würden mehr geben.«

»Möglich. Vielleicht aber auch nicht ein Kupferstück. Doch dieses Risiko müssen wir eingehen. Außerdem würde es eine lange Seereise für euch bedeuten, von den Gefahren gar nicht zu sprechen, wenn ihr Verbindung mit ihnen aufnehmen wollt. Den Preis, den ich dir für ihn biete, kannst du schon im Morgengrauen bekommen – leichter bist du bestimmt noch nie zu Geld gekommen. Mein Clan ist nicht reich. Die Seekönige des Nordens und die mächtigen Seeräuber von Erin haben uns schwächeren Seewölfe an den Rand der Meere gedrängt. Aber wir brauchen einen Dänen, und wenn du zu teuer bist, wird uns nichts anderes übrigbleiben, als ostwärts zu segeln und uns einen mit Gewalt zu beschaffen.«

»Das dürfte nicht schwer sein«, sagte Thorwald nachdenklich. »Dänemark ist von Bürgerkriegen gespalten. Zwei Könige kämpfen miteinander – oder taten es zumindest, denn ich hörte, daß Eric gewann und Thorfinn aus dem Land floh.«

»Ja, das ist die Kunde, die die Seefahrer verbreiten. Thorfinn war der bessere, und sein Volk liebte ihn, aber Eric hatte Unterstützung durch Jarl Anlaf, den mächtigsten Mann der Dänen, die beiden Könige nicht ausgenommen.«

»Ich habe gehört, daß Thorfinn mit nur ein paar Gefolgsleuten in einem einzigen Schiff zu den Jüten geflohen ist«, sagte Thorwald. »Wie gern wäre ich diesem Schiff auf hoher See begegnet! Aber dieser Hrut genügt mir auch. Am liebsten hätte ich natürlich meinen Haß auf die Dänen an einem König ausgelassen, aber ich gebe mich auch mit einem weniger edlen Mann zufrieden. Und fürwahr, edel ist dieser Mann, auch wenn er keinen klingenden Namen trägt. Zumindest für einen Jarl hielt ich ihn in dem Seekampf, als meine erschlagenen Krieger hüfthoch um ihn herum lagen. Bei Thors Blut, hatte er ein durstiges Schwert! Ich befahl meinen Wölfen, ihn lebend zu überwältigen – doch nicht für Lösegeld. Ich hätte seinen Leuten einen höheren Preis abringen können, als du mir bietest, aber noch lieber als das Klimpern von Gold höre ich das Todesröcheln eines Dänen.«

Der Gäle spreizte schulterzuckend die Hände. »Wie schon gesagt: fünfhundert Goldstücke, dreißig goldene Halsbänder, zehn Damaszenerklingen, die wir den braunen Männern von Serkland entrungen haben, und ein Kettenhemd von einem besiegten Frankenprinzen. Mehr habe ich nicht zu bieten.«

»Und doch würde ich mich nicht gern um das Vergnügen bringen, diesem Dänen den Blutadler in den Rücken zu schneiden.« Thorwald strich durch den langen hellblonden Bart. »Wie willst du dieses Lösegeld bezahlen – trägst du das Silber und den Rest unter deiner Rüstung?«

Dem Gälen entging der Spott nicht, aber er kümmerte sich nicht darum.

»Wie ich schon sagte, kann ich es dir im Morgengrauen geben. Du und ich und der Däne werden zur unteren Inselspitze gehen. Wenn du willst, kannst du zehn Mann mitnehmen. Während du mit dem Dänen am Strand bleibst, rudere ich zu meinem Schiff hinaus und bringe das Silber und den Rest mit zehn meiner Männer an Land. Am Strand machen wir den Austausch. Meine Männer werden in den Booten bleiben und nicht einmal Fuß auf den Strand setzen, wenn du nicht versuchst, mich hereinzulegen.«

»Degegen ist nichts einzuwenden.« Thorwald nickte scheinbar befriedigt, doch den Gälen warnte sein wölfischer Instinkt, daß sich etwas zusammenbraute. Zunehmende Spannung lag in der Luft. Aus den Augenwinkeln sah er die Unterführer unauffällig näher kommen. Das furchige Gesicht von Grimm Snorris Sohn wirkte besorgt, und seine Hände zuckten nervös. Doch nicht mit einem Wimpernzucken verriet der Gäle, daß er etwas ahnte.

»Und doch ist es ein geringer Preis für einen Mann, mit dessen Hilfe ein mächtiger irischer Prinz seinem Clan wiedergegeben werden soll.« Thorwalds Ton hatte sich verändert. Es bestand nun kein Zweifel mehr, daß er den andern reizen wollte. »Außerdem glaube ich, daß es mir doch mehr Spaß machen wird, ihm den Blutadler in den Rücken zu schneiden – und dir ebenfalls, *Cormac Mac Art!*«

Er spie diesen Namen nur so aus, während er sich aufrichtete und seine Unterführer sich um ihn sammelten – und das keinen Augenblick zu früh. Die blitzschnelle Reaktion des berühmten irischen Seeräubers war bekannt. Während ein anderer noch vor Überraschung gelähmt wäre, gab sein wacher Verstand sofort den Befehl an seine Muskeln weiter, und er handelte ohne Zeitverlust. Und so war Cormac auch schon über ihm, noch ehe Thorwalds Worte verhallt waren. Nur daß er sich, kaum weniger rasch als Cormac, rücklings von der Bank fallen ließ, rettete dem Schildhauer das Leben, und das sausende Schwert des Gälen tötete statt seiner einen Krieger unmittelbar hinter Thorwald.

Sogleich blitzten überall Schwerter in der rauchigen Weite der Halle auf. Cormac hatte vorgehabt, sich schnell einen Weg zur Tür und ins Freie zu kämpfen, doch dazu bedrängten ihn die blutgierigen Wikinger zu sehr.

Kaum war Thorwald fluchend zu Boden gepoltert, wirbelte Cormac herum und wehrte Aslaf Jarltöters Schwert ab, der wie ein Schatten des Todes über ihm aufragte. Die gerötete Klinge des Gälen lenkte Aslafs Streich ab, und ehe der Jarltöter sein Gleichgewicht wiedergewann, strömte Blut aus seiner durchschnittenen Kehle.

Ein Rückhandhieb durchtrennte die Halssehnen eines Kriegers, der eine schwere Streitaxt schwang, und im selben Augenblick sauste Hordi Rabens Schwert herab, um Cormacs Schlüsselbein zu zerschmettern. Doch die Klinge prallte von der Kettenrüstung ab, während Hordi von des Gälen Klingenspitze aufgespießt wurde, die überall gleichzeitig zu sein schien und ein Netz des Todes um den Gälen wob. Hakon Skel, der nach Cormacs unbehelmtem Kopf schlug, verfehlte ihn um gut eine Fußlänge und bezahlte es mit einem Schnitt quer über das Gesicht. Doch in diesem Moment verfingen sich die Füße des Gälen zwischen den Leichen, die samt Schilden und zerbrochenen Bänken auf dem Boden ringsum lagen.

Ein gemeinsamer Angriff drängte ihn über den Tisch, wo Thorwalds Klinge durch sein Kettenhemd auf die Rippen darunter hackte. Verzweifelt schlug Cormac zurück. Er zerschmetterte Thorwalds Schwert und schickte den Seekönig durch die Wucht des Hiebes auf die Knie, doch eine Keule in den Händen eines kräftigen Kriegers krachte auf den ungeschützten Kopf des Gälen, und als Cormac zusammensackte, schlug Grimm Snorris Sohn ihm das Schwert aus der Hand. Auf einen Befehl Thorwalds warfen die Krieger sich auf den halb bewußtlosen Gälen und erdrückten ihn schier unter ihrem Gewicht. Trotzdem hatten sie es nicht leicht, und es dauerte eine Weile, bis sie seine stahlharten Finger vom Stiernacken eines der ihren gelöst hatten, um den sie sich blindlings verkrallten, und bis sie ihn mit Schnüren gebunden hatten, die selbst seine ungeheure Kraft nicht würde sprengen können. Der Krieger, den er halb erwürgt hatte, röchelte auf dem Boden, während sie Cormac hochzerrten, damit er sich dem Seekönig stelle, der ihm ins Gesicht lachte.

Cormac bot einen schrecklichen Anblick. Sowohl sein eigenes, als auch das Blut seiner Gegner klebte an ihm, und aus der offenen Kopfwunde sickerte es über das Gesicht, wo es verkrustete. Aber dank der Zähigkeit, die ihm gleich einem wilden Tier zueigen war, war er wieder völlig bei sich und erwiderte Thorwalds herrischen Blick kalt.

»Thors Blut!« fluchte der Seekönig. »Ich bin froh, daß dein Kamerad Wulfher Hausakliufr, der Schädelspalter, nicht bei dir war. Zwar hatte ich von deinem Kampfgeschick gehört, doch muß man es selbst gesehen haben, um sich wirklich ein Bild davon machen zu können. In den vergangenen drei Minuten habe ich mehr Waffenkunst erlebt, als in Schlachten, die Stunden dauerten. Bei Thor, du hast unter meinen Kriegern gewütet wie ein hungriger Wolf in einer Schafherde! Sind alle deines Volks wie du?«

Der Gäle würdigte ihn keiner Antwort.

»Du bist ein Mann, den ich gern als Kameraden hätte«, sagte Thorwald offen. »Ich werde alle alten Fehden vergessen, wenn du dich mir anschließt.« Seinem Tonfall entnahm man jedoch, daß er selbst nicht an die Erfüllung dieses Wunsches glaubte.

Cormacs Antwort war lediglich ein noch kälterer Blick.

»Nun denn«, sagte Thorwald, »ich habe nicht wirklich geglaubt, daß du auf mein Angebot eingehen würdest. Und so hast du nun dein Schicksal besiegelt, denn ich kann einen Feind wie dich nicht gehen lassen.«

Plötzlich lachte Thorwald. »Der Ruf deiner Fechtkunst ist wahrhaftig nicht übertrieben, wohl aber der deiner Schläue. Du Narr! Glaubst dich an List mit einem Wikinger messen zu können! Ich erkannte dich beim ersten Blick, obgleich ich dich seit Jahren nicht gesehen hatte. Wo sollte es in den Meeren des Nordens noch einen Mann wie dich geben, von deiner Größe, deiner Schulterbreite – und deinem narbigen Gesicht? Noch ehe du mir deine erste Lüge aufgetischt hast, hatte ich alles für dich vorbereitet. Pah! Ein Anführer irischer Seeräuber! Ja – vor Jahren. Doch jetzt kennt man dich als Cormac Mac Art *an Cliun,* was soviel wie Wolf heißt, als die rechte Hand Wulfher Hausakliufrs, eines dänischen Wikingers. Ja, Wulfher Hausakliufr – der von meinem Volk Gehaßte!

Du hast behauptet, meinen Gefangenen Hrut gegen deinen Vetter eintauschen zu wollen. Pah! Ich kenne dich von früher her, oder zumindest deinen Ruf. Und einmal habe ich dich auch gesehen. Jahre sind es her – da bist du mit einer Lüge auf den Lippen an Land gekommen, um zu kundschaften und Wulfher über meine Stärken und Schwächen zu berichten, damit ihr eines Nachts angreifen und mir mein *Skalli* über dem Kopf anzünden könntet.

Nun kannst du es mir ja sagen – wie viele Schiffe hat Wulfher, und wo ist er?«

Cormac lachte nur, und so hart und verächtlich war dieses Lachen, daß es Thorwald erzürnte. Sein Bart sträubte sich regelrecht, und seine Augen funkelten böse.

»Du willst mir also nicht antworten, eh?« fluchte er. »Nun, es spielt keine Rolle. Ob Wulfher nun tatsächlich nach Makki Head weiterfuhr oder nicht, jedenfalls werden drei meiner Drachenschiffe bei Morgengrauen an der unteren Spitze der Insel auf ihn lauern. Dann werde ich vielleicht auch Wulfhers Rücken haben, wenn ich in Hruts den Blutadler schneide – und du darfst zuschauen, damit du siehst, wie gut wir das machen. Und schließlich hänge ich dich am höchsten Baum von Gorala auf. Schafft ihn in die Gefangenenhütte!«

Als die Krieger Cormac davonzerrten, hörte er noch die nörgelnde, beunruhigte Stimme Grimm Snorris Sohn, in einer Meinungsverschiedenheit mit seinem Seekönig erhoben. Vor der Tür, wie er bemerkte, lag keine schlaffe Gestalt mehr. Brulla hatte entweder das Bewußtsein wiedererlangt, oder seine Stammesbrüder hatten ihn weggetragen. Die Pikten hatten ein zähes Leben wie die Katzen, das wußte Cormac, denn er hatte gegen ihre Vettern in Kaledonien gekämpft. Die Schläge, die Brulla hatte einstecken müssen, hätten einen gewöhnlichen Mann gewiß mindestens eine Woche ans Krankenlager gefesselt, der Pikte jedoch würde sich bestimmt in wenigen Stunden ganz erholt haben, falls er keine Knochen gebrochen hatte.

Thorwald Schildhauers Stützpunkt lag an einer kleinen Bucht, an deren Strand sechs schmale Langschiffe mit Drachenkopf und Schildreihen lagen. Wie fast alle Wikingerniederlassungen bestand auch diese aus einer großen Halle, dem *Skalli,* samt den kleineren Bauten, Stallungen und Lagerhäusern sowie den Hütten der Krieger ringsum. Das Ganze umgab ein hoher Zaun, der wie die Hütten aus dicken Stämmen errichtet war. Diese Palisaden waren etwa drei Meter hoch und sehr tief in die Erde getrieben. Sie hatten in regelmäßigen Abständen Schießscharten sowie Plattformen, von denen aus die Verteidiger über die zugespitzten Stammenden hinweg gegen mögliche Angreifer vorgehen konnten. Außerhalb der Palisaden, in nur geringer Entfernung, erhob sich der finstere Wald.

Die Palisaden waren in Form eines Hufeisens errichtet, mit der offenen Seite dem Meer zugewandt. Die beiden Enden ragten in die seichte Bucht und schützten so die Drachenschiffe am Strand. Innere Palisaden verliefen von einem Hufeisenarm zum anderen und trennten so Strand und *Skalli.* Schwamm jemand um die Hauptpalisaden herum, würde er zwar an den Strand gelangen, doch nicht ins Fort selbst.

Thorwalds Stützpunkt schien zwar gut geschützt zu sein, doch nahmen die mit der Bewachung beauftragten Wikinger es mit ihren Pflichten nicht so genau. Allerdings wimmelte es zu jener Zeit um die Shetlandinseln auch noch nicht so von Seeräubern, wie es später der Fall sein sollte. Die paar Wikingerniederlassungen waren wie Thorwalds, nichts weiter als Piratenstützpunkte, von denen aus die Wikinger ihre Raubzüge zu den Hebriden, den Orkneys und nach Britannien unternahmen – wo die Sachsen die schwindende römisch-keltische Zivilisation zertrampelten –, aber auch nach Gallien, Spanien und in die Mittelmeerländer.

Normalerweise erwartete Thorwald keinen Angriff vom Meer, und Cormac hatte die Verachtung selbst miterlebt, die die Wikinger für die Eingeborenen der Shetlandinseln empfanden. Wulfher und seine Dänen waren anders. Selbst unter ihrem eigenen Volk waren sie geächtet. Sie kamen sogar noch weiter als Thorwald herum und waren wie Raubvögel, die über alle gleichermaßen herfielen.

Cormac wurde in eine kleine Hütte an den Palisaden geschleppt, ein gutes Stück vom *Skalli* entfernt, und dort angekettet. Die Krieger verriegelten die Tür und überließen ihn seinen Gedanken.

Die leichten Schnittwunden des Gälen hatten zu bluten aufgehört, und da er Verletzungen gewohnt war – ein Mann wie aus Eisen in einem eisernen Zeitalter –, verschwendete er kaum einen Gedanken daran. Was ihm jedoch zu schaffen machte, war seine verletzte Eitelkeit, weil er Thorwald so leicht in die Falle getappt war! Und das er, den Könige seiner Gerissenheit wegen entweder gerühmt oder verflucht hatten! Das nächste Mal würde er nicht so überheblich sein, nahm er sich vor, und es würde ein nächstes Mal geben, das schwor er sich. Um Wulfher machte er sich keine übermäßigen Sorgen, auch nicht, als er die Rufe hörte, das Scharren von Kielen im Sand und später das Klacken von Rudern, das ihm verriet, daß drei Langschiffe in See gestochen waren. Sollten sie sich doch an die Inselspitze stehlen und dort bis zum Morgengrauen des Jüngsten Tages lauern! Weder er noch Wulfher waren so leichtsinnig, sich der Gefahr der zahlenmäßig weit überlegenen Kräfte Thorwalds auszusetzen. Wulfher verfügte nur über ein Drachenschiff mit etwa achtzig Mann Besatzung. Sie und ihr Schiff lagen sicher versteckt in einer sehr schmalen, waldüberhangenen Bucht an der anderen Inselseite. Die Gefahr war nicht groß, daß Thorwalds Männer sie dort entdeckten. Das Risiko, das sie von Pikten erspäht würden, mußten sie allerdings eingehen. Wenn Wulfher ihren Plan befolgt hatte und im Dunkeln in die Bucht eingelaufen war, gab es allerdings keinen Grund, weshalb Pikten oder Nordmänner sich dort umsehen sollten. Die Bucht war von steilen, zerklüfteten, keineswegs einladenden Felsen umgeben; außerdem hatte Cormac gehört, daß die Pikten wegen irgendeines Aberglaubens diesen Teil der Insel üblicherweise mieden. Auf diesen Klippen befanden sich uralte stehende Steine und ein furchteinflößender Altar, die auf schreckliche Riten längst vergangener Zeit hinwiesen.

Wulfher würde dort warten, bis Cormac entweder aufs Schiff zurückkehrte oder Rauch auf der unteren Spitze ihm verriet, daß Thorwald mit dem Gefangenen da war und keinen Verrat plante. Vorsichtshalber hatte Cormac das Rauchzeichen nicht erwähnt; obgleich er nicht damit gerechnet hatte, erkannt zu werden. Thorwald täuschte sich, wenn er annahm, daß der Kauf des Gefangenen nur ein Vorwand gewesen war. Der Gäle hatte zwar gelogen, was seinen Namen betraf und den Grund, weshalb er Hrut auslösen wollte, es stimmte jedoch, daß die Kunde von der Gefangennahme des Dänen ihn nach Golara geführt hatte.

Die gedämpften Ruderschläge verloren sich in der Ferne. Eine Weile hörte er Waffenklirren und Rufe, dann verklang auch das, und nur noch die Schritte der Wachen, die auf einen nächtlichen Angriff achten sollten, waren zu hören.

Es muß fast Mitternacht sein, dachte Cormac, als er durch das kleine, schwer vergitterte Fenster zum Sternenhimmel blickte. Er war so an den Erdboden gekettet, daß er sich nicht einmal hochsetzen konnte. Mit dem Rücken berührte er die hintere Hüttenwand, die durch die Palisaden gebildet wurde. Während er so lag, vermeinte er Geräusche zu vernehmen, die nicht das Säuseln des Nachtwinds in den mächtigen Bäumen waren. Mühsam drehte er sich um und vermochte so durch eine Ritze zwischen zwei der aufrechten Stämme der Palisaden zu spähen.

Der Mond war bereits untergegangen, doch im schwachen Sternenschein konnte er vage die Umrisse sanft bewegter Äste gegen den Hintergrund des wie eine dunkle Mauer stehenden Waldes erkennen. War da ein Flüstern und Rascheln zwischen den Schatten, das nicht von Wind und Blättern kam? Leise und unbeschreiblich, wie ein Hauch des Bösen, erstreckten sich diese Geräusche entlang der gesamten Palisaden. Die Nacht selbst war voll dieses unheimlichen Murmelns – als regte sich der mitternächtliche Wald wie ein bedrohliches Ungeheuer, das zu gespenstischem Leben erwacht. »Wenn der Wald zum Leben erwacht«, hatte der Pikte gesagt ...

Cormac hörte, wie an den Palisaden eine Wache der

anderen zurief, daß die rauhe Stimme im wispernden Schweigen widerzuhallen schien:

»Bei Thors Blut, heute müssen Trolle unterwegs sein! Hör nur, wie der Wind in den Bäumen wispert!«

Selbst der stumpfsinnige Krieger spürte den Hauch drohenden Unheils in der Dunkelheit und den Schatten. Mit einem Auge dicht an der Ritze, bemühte sich Cormac, die Dunkelheit zu durchdringen. Die Sinne des Gälen waren um soviel schärfer als die eines durchschnittlichen Mannes, wie die eines Wolfs denen eines Ebers überlegen sind, und seine Augen kamen in der Dunkelheit denen einer Katze gleich. Doch in dieser absoluten Schwärze vermochte er nur die Bäume am Waldrand zu erkennen. Doch da!

Etwas nahm in den Schatten Form an! Eine lange Reihe von Gestalten huschte geisterhaft an den Bäumen vorbei, daß Cormac ein Schauder über den Rükken rann. Gewiß waren diese Kreaturen Finsterelben. Gedrungen, leicht geduckt, rannten sie einer nach dem andern in absoluter Stille dahin. In der Dunkelheit machten ihre Haltung und ihr Schweigen sie zu monströsen Karikaturen von Menschen. Rassenerinnerung, halb in den dunklen Klüften des Bewußtseins vergraben, rührte sich und griff mit eisigen Fingern nach Cormacs Herzen. Er fürchtete sie nicht wie ein Mann einen menschlichen Gegner, sondern wie etwas Übernatürliches. Es war das Grauen uralter Zeit, das sich unbewußt vererbt hatte – die ungreifbaren chaotischen Traumerinnerungen finsterer Zeitalter und grimmiger Tage, als der Urmensch um die Vorherrschaft in einer jungen Welt kämpfte.

Denn diese Pikten gehörten zu den letzten einer fast ausgestorbenen Rasse, sie waren die Überlebenden einer älteren Epoche, die letzten der ehemaligen Vorposten eines finsteren Reiches der Steinzeit, das unter den Bronzeschwertern der ersten Kelten zerfallen war. Nun kämpften diese Überlebenden verbissen am unwirtlichen Rand der Welt, die sie einst beherrscht hatten, um ihr nacktes Dasein.

Es war zu dunkel, um die rasch Dahinschleichenden zu zählen, aber Cormac schätzte, daß mindestens vierhundert durch sein Blickfeld gekommen waren. Das allein war schon mehr, als Thorwald an Kriegern insgesamt zur Verfügung hatte, und um ein Vielfaches mehr, als sich nun im Fort befinden konnten, nachdem der Seekönig drei seiner Schiffe ausgeschickt hatte. Die Schleichenden verschwanden, wie sie gekommen waren, lautlos, ohne eine Spur zurückzulassen, wie Geister.

Cormac wartete angespannt in einer Stille, die zu knistern schien. Plötzlich brach ein schriller Todesschrei sie. Und schon war die Hölle los, und grauenvoller Lärm erfüllte die Luft. Nun erwachte der Wald zu eigenem Leben! Von allen Seiten stürmten gedrungene Gestalten die Palisaden. Alles war in ein gespenstisches Licht gehüllt. Cormac zerrte heftig an seinen Ketten. Ein gewaltiger Kampf tobte außerhalb seiner Hütte, und er hing hier hilflos fest wie ein Schaf an der Schlachtbank. Er fluchte fürchterlich.

Die Nordmänner hielten die Palisaden. Das Klirren von Stahl hob sich ohrenbetäubend gen Himmel, das Schwirren von Pfeilen erfüllte die Luft. Das grollende Gebrüll der Wikinger maß sich mit dem höllischen Wolfsgeheul der Pikten. Zwar konnte Cormac sie nicht sehen, aber er spürte das Branden menschlicher Wogen gegen die Palisaden, das Krachen von Speeren

und Äxten, den kurzen Rückzug und den erneuten Sturm. Er wußte, daß die Pikten halb nackt kämpften und schlecht bewaffnet waren. Also war es sehr gut möglich, daß die wenigen Wikinger das Fort halten konnten, bis Thorwald mit der Hauptmacht zurückkehrte, was er zweifellos tun würde, wenn er die Flammen sah – aber wo brannte dieses Feuer?

Jemand machte sich an der Tür zu schaffen. Sie schwang auf, und Cormac sah die hagere Gestalt und das fahle, bärtige Gesicht Grimm Snorris Sohns, die sich gegen den roten Schein abhoben. Grimm hielt einen Helm und ein Schwert in der Hand, die Cormac als sein Eigentum erkannte, und in der anderen einen Schlüsselbund, der in seiner zitternden Hand klingelte.

»Wir sind alle des Todes«, keuchte der alte Wikinger. »Ich habe Thorwald gewarnt. In den Wäldern wimmelt es nur so von Pikten! Es sind Tausende! Wir können das Fort unmöglich bis zu Thorwalds Rückkehr halten. Er wird sie ohnehin nicht schaffen, denn die Pikten werden ihm den Weg abschneiden, wenn er in die Bucht einfährt, und seine Männer mit Pfeilen spicken, ehe sie sich überhaupt zur Wehr setzen können. Sie sind um die Spitzen des Forts geschwommen und haben die drei Langschiffe am Strand in Brand gesetzt! Narr, der er war, rannte Osric mit einem Dutzend Kriegern los, um die Schiffe zu retten. Doch er war kaum aus dem Tor, als aus ihm und seinen Männern Dutzende von schwarzen Pfeilschäften ragten und hundert heulende Dämonen sie umzingelten. Nicht einer kam davon, und wir konnten gerade noch im letzten Augenblick das Tor schließen, als die kreischende Horde sich dagegenwarf!

Wir haben Dutzende getötet, aber für jeden Gefallenen eilen drei neue herbei. Ich habe heute nacht mehr Pikten gesehen, als ich glaubte, daß es auf Golara – oder der ganzen Welt geben könnte. Cormac, du bist ein kühner Mann. Du hast irgendwo an der Insel ein Schiff versteckt – gib mir dein Wort, daß du mich rettest, dann laß ich dich frei. Vielleicht tun die Pikten dir nichts – dieser Teufel Brulla hat dich in seinen Todesrunen nicht erwähnt.

Wenn irgendeiner mich retten kann, bist du es! Ich zeige dir, wo Hrut eingesperrt ist, und wir nehmen ihn mit ...« Er warf einen raschen Blick über die Schulter auf das Kampfgetümmel am Strand und erbleichte. »Thors Blut!« rief er. »Das Tor ist eingebrochen, und die Pikten sind im inneren Fort!«

Das Heulen schwoll zu teuflischem Frohlocken an.

»Laß mich endlich frei!« tobte Cormac. »Zum Brabbeln hast du noch genug Zeit, wenn ...«

Grimm Snorris Sohns Zähne klapperten vor Angst, als er mit den Schlüsseln fummelnd in die Hütte trat. Doch kaum hatte er einen Fuß über die Schwelle gesetzt, schoß eine geschmeidige Gestalt lautlos aus den Schatten des Feuers. Ein dunkler Arm schlang sich um den runzligen Hals des alten Wikingers und riß sein Kinn hoch. Ein grauenvoller Schrei drang aus den zitternden Lippen und wurde zu einem gräßlichen Gurgeln, als eine scharfe Klinge seine Kehle durchschnitt.

Über ein tödlich verletztes Opfer hinweg musterte der Pikte den Gälen, und Cormac Mac Art starrte unerschrocken zurück, obgleich er den Tod erwartete. Doch dann im Schein der brennenden Schiffe, der die Hütte nun taghell beleuchtete, erkannte Cormac den Pikten. Es war Brulla.

»Du bist der, der Aslaf und Hordi getötet hat. Ich habe es durch die Tür des *Skallis* gesehen, ehe ich mich fortschleppte«, sagte der Pikte so ruhig, als tobte keine Schlacht ringsum. »Ich habe meinen Kriegern von dir erzählt und ihnen gesagt, daß sie dir nichts tun sollen, falls du noch lebst. Du haßt Thorwald genau wie ich. Ich werde dich befreien, damit du deinen Rachedurst stillen kannst. Sobald Thorwald mit seinen Schiffen zurückkehrt, werden wir ihm die Kehle durchschneiden. Es wird bald keine Nordmänner mehr auf Golara geben. Alle freien Stämme der Inseln ringsum kommen uns zur Hilfe. Für Thorwald gibt es kein Entrinnen mehr!«

Er beugte sich über den Gälen und schloß seine Ketten auf. Cormac sprang hoch. Neues Selbstvertrauen brannte in seinen Adern. Er setzte den Helm mit dem Pferdehaarkamm auf und griff nach seinem Langschwert, außerdem bat er den Pikten um die Schlüssel.

»Weißt du, wo die Wikinger den Dänen Hrut gefangenhalten?« fragte er, als sie durch die Tür traten. Brulla deutete auf das Chaos aus Flammen und Kampfgetümmel.

»Durch den Rauch ist die Hütte jetzt nicht zu sehen, aber sie liegt gleich neben dem Lagerhaus dort drüben.«

Cormac dankte ihm und rannte los. Er kümmerte sich nicht darum, was Brulla jetzt unternahm. Die Pikten hatten die Stallungen genau wie die Vorratshäuser und das *Skalli* nun ebenfalls angesteckt. Um das *Skalli* und da und dort nahe den Palisaden, die teilweise ebenfalls brannten, wurde hartnäckig gekämpft, denn die Handvoll Überlebenden verkauften ihr Leben mit aller Wildheit ihrer Rasse. Es mußten wahrhaftig Tausende dieser gedrungenen dunklen Krieger sein, die sich gegen die riesenhaften blonden Wikinger warfen. Die schweren Klingen der gerüsteten Nordmänner forderten einen hohen Zoll, trotzdem stürzten sich die weit kleineren und halbnackten Männer, die ihre Wunden nicht beachteten, wie wilde Tiere auf die Riesen und zerrten sie schon allein durch ihre Überzahl zu Boden; und lagen sie erst einmal, endeten sie schnell unter den Kurzschwertern der Pikten. Todesschrei und Wutgebrüll zerrissen die Luft, doch Cormac hörte niemanden um Gnade flehen, als er zum Lagerhaus rannte. Durch die unzähligen Ausschreitungen der Wikinger schier bis an den Rand des Wahnsinns getrieben, kosteten die Pikten ihre Rache nun bis zum letzten aus, und die Nordmänner erwarteten kein Erbarmen und baten auch nicht darum.

Blonde Frauen, die fluchend ihren Feinden ins Gesicht spuckten, spürten das Messer am weißen Hals, und ihre Kinder fanden nicht mehr Erbarmen, als die Wikinger es für die Piktenbabys gehabt hatten.

Cormac nahm nicht Teil an diesem Gemetzel. Er hatte keine Freunde unter diesen Leuten. Sowohl die eine wie die andere Seite würde ihn töten, hätte sie die Gelegenheit. Im Laufen benutzte er sein Schwert lediglich, um zufällige Hiebe von Nordmännern und Pikten gleichermaßen abzuwehren, und so rasch war er zwischen Gruppen verbissen Kämpfender hindurch, daß er kaum Widerstand begegnete. Er erreichte die Gefangenenhütte und hatte nach wenigen Sekunden die schwere Tür aufgeschlossen. Und nicht zu früh war er gekommen, denn Funken vom brennenden Lagerhaus waren bereits auf das Strohdach gefallen, und dichter Rauch schlug ihm entgegen.

Cormac tastete sich einen Weg hindurch zu der kaum sichtbaren Gestalt in einer Ecke. Ketten klirrten, und eine Stimme mit dänischem Akzent bat: »Töte mich im Namen Lokis. Lieber ein Schwertstoß als dieser verfluchte Rauch!«

Cormac kniete sich nieder und machte sich an den Ketten zu schaffen. »Ich bin hier, dich zu befreien, Hrut«, keuchte er. Einen Augenblick später zerrte er den völlig verblüfften Krieger auf die Füße, und gemeinsam taumelten sie aus der Hütte, gerade als das Dach hinter ihnen einbrach. In tiefen Zügen atmend, drehte Cormac sich um und betrachtete neugierig seinen Begleiter. Er war ein gutgewachsener rotbärtiger Riese mit angeborener Würde. Er war halb nackt und durch die Wochen der Gefangenschaft schmutzig und zerzaust, aber seine Augen blitzten ungebrochen.

»Ein Schwert!« rief er, während er sich mit funkelndem Blick umsah. »Ein brauchbares Schwert, in Thors Namen!« rief er ungeduldig. »Hier wird gekämpft, und wir stehen tatenlos herum!«

Cormac bückte sich und entriß den erstarrenden Fingern eines pfeilgespickten Nordmanns das blutige Schwert.

»Da ist ein Schwert, Hrut«, brummte er. »Aber auf wessen Seite willst du dich stellen? Auf die der Nordmänner, die dich wie einen Wolf eingesperrt hielten und dich umgebracht hätten, – oder die der Pikten, die dir allein schon der Farbe deines Haares wegen die Kehle aufschlitzen werden?«

»Da kann es wohl kaum eine Wahl geben«, grollte der Däne. »Ich hörte Frauen schreien ...«

»Die Frauen sind längst tot«, knurrte der Gäle. »Ihnen ist nicht mehr zu helfen. Wir müssen uns selbst

retten. Es ist die Nacht des Wolfes – und die Wölfe reißen!«

»Ich möchte gern die Klingen mit Thorwald kreuzen«, sagte der riesenhafte Däne zögernd, während Cormac ihn zu den brennenden Palisaden zog.

»Aber nicht jetzt«, brummte der Seeräuber. »Es gibt Wichtigeres zu tun, bei Thor. Später kehren wir zurück und sehen nach, was die Pikten übriggelassen haben. Im Augenblick dürfen wir nicht bloß an uns denken, denn ich weiß, daß Wulfher der Schädelspalter bereits durch den Wald herbeistürmt!«

An manchen Stellen schwelten die Palisaden nur noch. Cormac und sein Begleiter brachen sich einen Weg hindurch. Als sie die Schatten der Bäume erreichten, erhoben sich drei Gestalten um sie und drangen mit schrillem Geheul auf sie ein. Cormac brüllte eine Warnung, und schon stieß eine Klinge nach seiner Kehle, und er mußte zuschlagen, um sich zu retten. Als er sich von dem Pikten abwandte, den er nur ungern getötet hatte, sah er, wie Hrut, der mit gespreizten Beinen über einem gefallenen Pikten stand, das Schwert eines anderen in den linken Arm bekam und gleichzeitig den Schädel des Angreifers spaltete.

Fluchend sprang der Gäle vorwärts. »Bist du schlimm verwundet?« Blut strömte aus einer klaffenden Wunde in Hruts muskulösem Arm.

»Ein Kratzer!« Kampfeslust blitzte in des Dänen Augen. Trotz seiner Proteste riß Cormac einen Stoffstreifen von seinem Hemd und band ihm den Arm ab, um das Blut zu stillen.

»Komm, hilf mir die Leichen ins Unterholz ziehen«, brummte der Gäle. »Ich habe nicht gern zugeschlagen – aber als sie deinen roten Bart gesehen hatten, ging es um unser Leben. Ich glaube, Brulla würde das verstehen, aber wenn die andern herausfinden, daß wir ihre Brüder getötet haben, kann weder Brulla noch der Teufel uns vor ihren Klingen schützen.«

Nachdem das getan war, hob Hrut die Hand. »Horch!« Das Kampfgetümmel war nun im Prasseln des Feuers und unter dem Triumphgebrüll der Pikten kaum noch zu hören. Nur in einem Raum des brennenden *Skallis,* der vom Feuer einstweilen verschont war, verteidigte eine Handvoll Wikinger sich noch verzweifelt. Durch das Krachen der allesverschlingenden Flammen war nun ein rhythmisches Klacken zu hören.

»Thorwald kommt!« rief Cormac. Er rannte zurück zum Waldrand, um über das fast niedergebrannte Fort zu spähen. Ein einzelnes Drachenschiff fuhr in die Bucht ein. Die langen Eschenruder ließen es geradezu durchs Wasser schnellen, und von den Männern an Deck stieg ein Wutgebrüll auf, als sie die rauchenden Ruinen des Forts und die Leichen jener sahen, die ihnen nahegestanden hatten. Aus dem brennenden *Skalli* gellten Rufe. Im Feuerschein, der das Wasser der Bucht in Blut zu verwandeln schien, sahen Cormac und Hrut die Raubvogelfratze von Hakon Skel auf dem Vorderdeck. Aber wo waren die beiden anderen Schiffe? Cormac glaubte es zu wissen, und ein grimmiges Lächeln zog über sein düsteres Gesicht.

Nun näherte das Drachenschiff sich dem Strand. Hunderte von heulenden Pikten wateten ihm entgegen. Als ihnen das Wasser allmählich bis zu den Hüften reichte, hielten sie ihre schweren schwarzen Bogen hoch, um die Sehnen trockenzuhalten, und schossen ihre Pfeile ab. Ein wahrer Hagel prasselte auf das ganze Deck, und das Drachenschiff fuhr geradewegs in den tödlichsten Sturm, den es je erlebt hatte. Reihenweise fielen die Männer, durchbohrt von den langen schwarzen Schäften, die durch Lindenholzschilde und Schuppenpanzer gleichermaßen ins Fleisch drangen.

Die übrigen duckten sich hinter ihre Schilde und rudertens und steuerten, so gut sie es vermochten. Der Kiel scharrte bereits durch den Sand des Strandes, und sofort umringten die heulenden Wilden das Schiff. Zu Hunderten kletterten sie am Bug, Heck und den Seiten hoch, während andere vom Wasser und dem Strand aus den Beschuß fortsetzten. Ihre Zielsicherheit war fast unheimlich. Nicht nur einmal schwirrte ein Pfeil zwischen zwei Pikten hindurch und traf einen Nordmann. Als es jedoch zum Handgemenge kam, waren die Wikinger im Vorteil. Ihre riesige Statur, ihre Rüstung und die Langschwerter wie auch ihre Position auf den Schandecks über ihren Feinden machte sie für den Augenblick schier unüberwindlich.

Schwerter und Streitäxte schwangen hoch und nieder, und gedrungene Gestalten stürzten von der Reling ins Wasser, wo sie wie Steine versanken. Die Bucht um das Schiff färbte sich rot. Cormac hielt den Atem an, als ihm bewußt wurde, mit welchem Gleichmut die Pikten ihr Leben aufs Spiel setzten. Doch alsbald hörte er ihre Häuptlinge sie zurückrufen, um die Wikinger außer Reichweite mit Pfeilen einzudecken.

Als Hakon Skel mit einem Pfeil in der Stirn fiel, sprangen die Nordmänner in einem verzweifelten Versuch, mit ihren Feinden wieder ins Handgemengee zu kommen und so auf diese Weise etwas auszurichten, unter Wutgebrüll ins Wasser. Die Pikten nahmen die Herausforderung an. Ein Dutzend Pikten bedrängte einen jeden Nordmann, und die Kämpfenden wühlten das Wasser am Strand auf, bis die Toten dicht an dicht an der Oberfläche trieben oder am Boden lagen und die Beine und Arme der Lebenden behinderten. Die Krieger aus dem *Skalli* wagten einen Ausfall, um mit ihren Kameraden zu sterben.

Dann geschah, was Cormac erwartet hatte. Donnerndes Gebrüll erhob sich über dem Kampfgetümmel, und aus dem Wald um die Bucht stürzte Thorwald Schildhauer mit der Mannschaft von zwei Drachenschiffen. Der Seekönig hatte durchschaut, was vorgefallen war, das jedenfalls nahm Cormac an, und das andere Schiff losgeschickt, um die Aufmerksamkeit der Pikten auf sich zu lenken, während er außerhalb der Bucht landete und mit seinen Männern durch den Wald marschierte.

Nun stürmten sie in geschlossener Formation mit überlappenden Schilden den Strand hinab. Mit unbeschreiblichem Wutgeheul wandten die Pikten sich ihnen mit Pfeilhagel und danach mit der Wucht ihrer gedrungenen Leiber und blanken Klingen zu. Doch der Großteil der Pfeile prallte von dem Schildwall ab, und der Ansturm wurde von einem wahren Eisenwall zurückgeworfen. Doch mit derselben Hartnäckigkeit, die sie während des gesamten Kampfes bewiesen hatten, stürzten die Pikten sich immer wieder gegen den Schildwall. Eine lebende Flut war es, die in roten Wellen gegen dieses eiserne Bollwerk brandete. Bald lagen die Leichen dicht an dicht, und nicht alle waren die von Pikten. Doch so oft ein Nordmann fiel, schlossen seine Kameraden den Schildwall wieder. Die Wikinger drangen nun nicht weiter vor, wichen jedoch auch keinen Schritt zurück, sondern standen wie ein Felsen. Die Flanken ihrer Keilformation wurden nach innen gedrückt, als die Pikten von allen Seiten auf sie eindrangen, bis sie schließlich mehr einem Quadrat glich, wobei alle Krieger nach außen gerichtet standen. Und wie ein Quader aus Stein und Eisen hielten die Nordmänner auch stand, ein Massiv, gegen das die wilden Angriffe der Pikten nichts auszurichten vermochten, obwohl sie sich immer wieder halb nackt gegen den Stahl warfen, bis ihre Leichen einen Wall bildeten, über den die Lebenden steigen mußten.

Doch offenbar unvermittelt flohen sie plötzlich in alle Richtungen, einige über die flammenhelle Lichtung vor dem brennenden Fort, andere in den Wald. Mit Triumphgeschrei lösten die Wikinger ihre Formation und stürmten hinter ihnen her, obwohl Thorwald verzweifelt Befehle brüllte – wie Cormac hörte und sah – und mit der flachen Klinge auf seine Männer einschlug. Eine List! Das wußte Cormac genausogut wie Thorwald, aber die blinde Kampfeswut der Krieger wurde ihnen zum Verhängnis, genau wie ihre Feinde es erhofft hatten. In dem Augenblick, da sie zerstreut die Verfolgung aufnahmen, kehrten die Pikten schrill heulend um, und ein gutes Dutzend Wikinger fiel unter einem Pfeilhagel. Ehe der Rest sich wieder formieren konnte, waren sie einzeln oder in kleinen Gruppen umzingelt, und das Abschlachten begann. Aus einer geballten Schlacht wurden viele kleine Scharmützel am Strand – wohin die Überlebenden des Drachenschiffs sich zurückgezogen hatten – und zwischen den Ruinen des Forts und dem Waldrand.

Cormac erwachte wie aus einem Traum und fluchte heftig.

»Beim Blut der Götter, was bin ich für ein Narr! Sind wir Knaben, die noch nie eine Schlacht gesehen haben, daß wir gaffend herumstehen, während wir längst durch den Wald eilen sollten?«

Er mußte Hrut fast fortzerren, bis er schließlich mit ihm durch den Wald rannte, wo sie aus allen Richtungen das Klirren von Waffen und das Gellen von Todesschreien hörten. Der Wald war nun zum Kampfplatz geworden, und die Bäume waren Zeugen so manchen blutigen Geschehens. Aber durch den Lärm gewarnt, konnten Cormac und Hrut einen Bogen um solches Getümmel machen. Nur einmal sprangen undeutliche Gestalten sie im Dunkeln an, doch nach dem kurzen Handgemenge wußten sie nicht, ob es Pikten oder Nordmänner gewesen waren, die unter ihren Klingen gefallen waren.

Dann lag der Kampflärm hinter ihnen, dafür waren nun vor ihnen die Schritte vieler Männer zu hören. Hrut blieb sofort stehen und umklammerte sein blutbesudeltes Schwert noch fester. Aber Cormac zog ihn weiter.

»Das sind Marschschritte. Es kann nur Wulfher mit seinen Wölfen sein!«

Im nächsten Moment kamen sie auf eine Lichtung, auf die bereits das erste Grau des neuen Morgens fiel. So konnten sie sehen, daß ihnen ein großer Trupp rotbärtiger Riesen entgegen kam. Ihr Anführer, der der Kriegsgott selbst sein mochte, brüllte ein Willkommen.

»Cormac! Bei Thors Blut, mir scheint, wir laufen schon eine Ewigkeit durch diesen verfluchten Wald! Als ich den Feuerschein über den Bäumen sah und das

Schreien hörte, bin ich sofort mit allen unseren Leuten aufgebrochen, denn ich dachte mir, du wolltest Thorwalds Niederlassung ganz allein brandschatzen! Sag schon, was geht da vor ... Und wer ist das?«

»Das ist Hrut, den wir suchten«, antwortete Cormac. »Und da vorn tobt eine wilde Schlacht – aber deine Streitaxt ist ja blutig!«

»Ja, wir mußten uns einen Weg durch eine Schar kleiner dunkler Burschen kämpfen – Pikten nennst du sie, wenn ich mich nicht irre.«

Cormac fluchte. »Wir laden eine Blutschuld auf uns, für die nicht einmal Brulla eine Entschuldigung finden wird ...«

»Im Wald wimmelt es von ihnen«, brummte der Riese, »und wir hörten sie wie Wölfe hinter uns heulen ...«

»Ich habe gedacht, daß sie alle am Fort sind«, warf Hrut ein.

Cormac schüttelte den Kopf. »Brulla sprach von einer Zusammenkunft der Stämme. Sie sind von allen Inseln Hjaltlands gekommen und vermutlich überall an der Küste der Insel gelandet ... Hört!«

Der Schlachtenlärm wurde lauter, als sie tiefer in das Labyrinth des Waldes vordrangen, und aus der Richtung, die Wulfher mit seinen Mannen gekommen war, erklang ein langgezogenes Heulen wie das jagender Wölfe, das immer schriller wurde.

»Formiert euch!« brüllte Cormac erbleichend. Die Dänen schafften es gerade noch, einen Schildwall zu bilden, als gut hundert Pikten, deren Klingen noch nicht blutgezeichnet waren, zwischen den Bäumen hervorstürmten und sich wie eine Flutwelle gegen die Schilde der Dänen warfen.

Cormac, der wie besessen hieb und stach, rief Wulfher zu: »Halt sie auf! Ich muß Brulla finden. Er wird ihnen erklären, daß wir Thorwalds Feinde sind und sie uns in Frieden ziehen lassen sollen.«

Alle Angreifer, bis auf eine Handvoll, waren gefallen, da sprang Cormac aus dem Schutz des Schildwalls in den Wald. Es kam dem Wahnsinn nahe, in diesem Wald, der zum Schlachtfeld geworden war, nach dem Piktenhäuptling zu suchen, aber er war ihre einzige Chance. Nachdem er die Piktenneuankömmlinge von hinten hatte kommen sehen, wußte Cormac nun, daß er und seine Kameraden sich wahrscheinlich den ganzen Weg zurück zu ihrem Schiff erst freikämpfen mußten. Zweifellos waren diese Krieger von einer Insel im Osten gekommen und gerade erst an Golaras Ostküste gelandet.

Wenn er Brulla finden konnte ... Er war noch keine zwanzig Schritt von der Lichtung gekommen, als er über zwei Leichen stolperte, die einander offenbar in einem Zweikampf umgebracht hatten. Eine war die von Thorwald Schildhauer – die andere Brullas! Cormac starrte sie an. Als das Wolfsgeheul der Pikten sich ringsum erhob, rann es ihm kalt über den Rücken. Eilig sprang er hoch und rannte zur Lichtung, wo er die Dänen zurückgelassen hatte.

Wulfher stützte sich auf seine langschäftige Streitaxt und starrte auf die Leichen zu seinen Füßen. Seine Männer hielten unbewegt ihre Formation.

»Brulla ist tot!« rief der Gäle. »Wir müssen uns selbst helfen. Diese Pikten sehen uns als ihre Feinde an, und bei den Göttern, sie haben wahrhaftig keinen Grund, die Wikinger zu lieben! Unsere einzige Chance ist, uns auf das Schiff zurückzuziehen, wenn das überhaupt noch möglich ist, bei all den Wilden, die durch den Wald streifen. Zwischen den Bäumen können wir den Schildwall nicht aufrechterhalten, aber ...«

»Laß dir was anderes einfallen, Cormac«, sagte Wulfher grimmig und deutete mit seiner Axt ostwärts, wo Feuerschein zwischen den Bäumen erkennbar war. Aus der gleichen Richtung kam auch ein durch die Entfernung gedämpftes, wildes Triumphgeheul. Dafür gab es nur eine Erklärung.

»Sie haben unser Schiff entdeckt und in Brand gesteckt«, knurrte Cormac. »Beim Blut der Götter, das Glück hat sich gegen uns gewandt.«

Plötzlich kam ihm ein Gedanke.

»Mir nach! Haltet euch dicht beisammen, und haut euch einen Weg frei, wenn es sein muß, aber folgt mir dichtauf!«

Wortlos folgten sie ihm durch den Wald, wo fast überall Leichen herumlagen und von allen Seiten Kampflärm an ihre Ohren drang, bis sie den Waldrand erreicht hatten und über die niedergebrannten Palisaden auf die Ruinen des Forts starrten. Durch puren Zufall waren sie auf ihrem Eilmarsch keinen Pikten in die Hände gelaufen, doch hinter ihnen erhob sich nun ein schrilles Heulen und rachsüchtiges Gebrüll, als eine Horde offenbar die leichenübersäte Lichtung erreichte, die die Dänen gerade verlassen hatten.

Vor den Fortruinen wurde nicht mehr gekämpft. Die einzigen Nordmänner in Sicht waren verstümmelte Tote. Der blutige Kampf fand nun im Wald statt, wohin die bedrängten Wikinger sich zurückzogen, oder wohin die Pikten sie getrieben hatten. Aus dem unentwegten Waffenlärm in seiner Tiefe zu schließen, verteidigten die Überlebenden sich immer noch wakker. Zwischen den Bäumen waren Bogen so gut wie nutzlos, so mochten die Wikinger sich noch stundenlang wehren können. Doch da es auf der Insel nun von Pikten nur so wimmelte, war ihr Schicksal doch wohl besiegelt.

Drei- bis vierhundert kampfesmüde Pikten, die von ihren noch frischen Brüdern abgelöst worden waren, retteten aus den schwelenden Trümmern der Lagerhäuser, was noch zu gebrauchen war.

»Schaut!« Cormac deutete mit der Schwertspitze auf das Drachenschiff, dessen Bug zwar im Sand, dessen Heck aber frei schwamm. »In Kürze werden wir tausend heulende Dämonen auf den Fersen haben. Dort liegt unsere einzige Chance, Wölfe – Hakon Skels *Rabe*. Wir müssen uns zu ihm durchkämpfen, ihn ins Wasser schieben und davonrudern, ehe die Pikten uns aufhalten können. Einige von uns werden fallen, vielleicht sterben wir auch alle, aber es ist unsere einzige Chance!«

Die Wikinger schwiegen, aber ihre Augen blitzten, und viele grinsten wölfisch. Alles aufs Spiel setzen! Dem Tod ins Auge blicken und sich auf sein Schwert verlassen! Was konnte ein Wikinger mehr verlangen?

»Schildwall bilden!« brüllte Wulfher. »Keilformation – Hrut in die Mitte!«

»Was ...!« schrie Hrut verärgert auf, aber Cormac schob ihn ungerührt zwischen die Reihen der Krieger in ihren Brustpanzern.

»Du hast keine Rüstung!« knurrte er ungeduldig. »Bereit, alter Wolf? Dann wollen wir angreifen. Mögen die Götter den Sieger erwählen.«

Einer Lawine gleich stürzte der stählerne Keil zwischen den Bäumen hervor und auf den Strand zu. Die

Pikten, die suchend in den Ruinen herumstocherten, drehten sich erstaunt aufheulend um, und eine lose Reihe versperrte den Weg ans Ufer. Doch ohne langsamer zu werden, warf der Keil sich dagegen, trampelte, schlug sie nieder und erreichte das Ufer.

Hier mußte die Formation natürlich gebrochen werden. Bis zu den Hüften im Wasser, über Leichen stolpernd und nun unter einem Pfeilhagel erreichten die Dänen das Drachenschiff und kletterten hoch, während ein Dutzend besonders kräftiger Riesen die Schultern gegen den Bug stemmten, um ihn ins Wasser zu schieben. Pfeile streckten die Hälfte nieder, aber unter der titanischen Anstrengung der restlichen gab der Bug allmählich nach.

Die Dänen waren die Bogenschützen unter den Wikingervölkern. Dreißig von Wulfhers etwa achtzig Kriegern trugen schwere Bogen und Köcher voll langer Pfeile auf dem Rücken. So viele von ihnen, wie an den Rudern entbehrt werden konnten, legten nun Pfeile an die Sehnen und schossen auf die inzwischen ins Wasser watenden Pikten, die sich auf die Dänen am Bug stürzen wollten. Im ersten Schein der aufgehenden Sonne räumten die Dänenpfeile unter den vordersten Reihen auf. Aber auch die Pikten waren nicht müßig. Pfeile schwirrten um das Schiff, und einige trafen, doch hinter ihren Schilden strengten die Riesen sich noch mehr an, und bald – obgleich es den anderen wie Stunden erschien – kam das Schiff frei. Die Männer im Wasser sprangen hoch, hielten sich an Tauen und am Schandeck fest, während die langen Ruder das Schiff vorantrieben. In diesem Augenblick stürzte eine heulende Horde aus dem Wald und den Strand herab. Ihr Pfeilhagel prallte von den Schilden entlang der Schiffsseiten ab, und der *Rabe* erreichte das offene Meer.

»Das war knapp!« donnerte Wulfher. Er lachte dröhnend und schlug Cormac kräftig auf den Rücken. Hrut schüttelte den Kopf. Es ärgerte ihn, daß ein riesenhafter Krieger von Wulfher den Auftrag erhalten hatte, während des Kampfes einen Schild über ihn zu halten, denn das fand er erniedrigend.

»Viele tapfere Krieger sterben dort in den Wäldern. Das gefällt mir nicht, und daran ändert nichts, daß sie unsere Feinde sind und mich getötet hätten.«

Cormac zuckte die Schulter. »Auch ich hätte ihnen geholfen, doch es gab keine Möglichkeit. Und wir hätten nichts ausgerichtet, wenn wir geblieben und mit ihnen gefallen wären. Beim Blut der Götter, das war eine Nacht! Golara ist nun frei von Wikingern, aber welchen Preis die Pikten dafür bezahlen mußten! Alle von Thorwalds vierhundert Männern sind tot oder werden es alsbald sein. Und nicht weniger als tausend Pikten sind allein am Fort gefallen, und nur die Götter wissen, wie viele außerdem in den Wäldern.«

Wulfher blickte auf Hrut, der am Achterdeck stand, mit der Rechten ausgestreckt um das Schwert, dessen blutige Spitze auf dem Deck ruhte. Er war zerzaust, blutbesudelt, zerlumpt, verwundet, doch all das tat seiner königlichen Haltung keinen Abbruch.

»Nun, da ihr mich so kühn gegen eine unglaubliche Übermacht befreit habt«, sagte er, »was wollt ihr von mir haben, außer meiner nie endenden Dankbarkeit, die euch gewiß ist?«

Wulfher antwortete nicht, sondern wandte sich seinen Männern zu, die auf den Ruderbänken erwartungsvoll zu der Gruppe am Achterdeck hochblickten.

Er hob die rote Axt und rief: »Skoal, meine Wölfe! Ein Hoch auf Thorfinn Adlerhelm, den König von Dänemark!«

Ein donnerndes Hoch stieg zum blauen Morgenhimmel auf und erschreckte die Möwen. Der zerlumpte König riß erstaunt die Augen auf und ließ rasch den Blick von einem zum andern wandern, denn noch war er im Ungewissen über seine Lage.

»Nun, da ihr mich erkannt habt«, fragte er, »bin ich euer Gast oder euer Gefangener?«

Cormac grinste, doch bediente er sich nun einer respektvolleren Anrede. »Wir folgten Euch von Skagen, als Ihr mit nur einem Schiff nach Helgoland geflohen seid, und erfuhren, daß Thorwald Schildhauer einen Dänen von majestätischer Haltung gefangengenommen hat. Da wir sicher waren, daß Ihr Euch ihm nicht zu erkennen geben würdet, wußte er auch nicht, wie wir annahmen, daß er einen König der Dänen in seiner Gewalt hat.

Nun, König Thorfinn, dieses Schiff und unsere Klingen stehen Euch voll zur Verfügung. Wir sind beide, Ihr wie ich, Geächtete in unserer eigenen Heimat. In Erin könnt Ihr für mich nichts tun, wohl aber steht es in Eurer Macht, den Bann von Wulfher zu nehmen und uns die dänischen Häfen zu öffnen.«

»Das täte ich nur zu gern, meine Freunde«, versicherte ihnen Thorfinn tief bewegt. »Doch wie könnte ich meinen Freunden helfen, wenn ich nicht einmal mir selbst zu helfen vermag? Auch ich bin ein Vertriebener, und mein Vetter Eric herrscht über die Dänen.«

»Nur bis wir Fuß auf dänischen Boden setzen!« rief Cormac. »O Thorfinn, Ihr seid zu früh geflohen, aber wer kann schon in die Zukunft sehen? Kaum seid Ihr in See gestochen wie ein gejagter Pirat, begann Erics Thron zu wackeln. Und während Ihr Gefangener auf Thorwalds Drachenschiff wart, fiel Jarl Anlaf im Kampf gegen die Jüten, und Eric verlor seine größte Stütze. Ohne Anlaf schwindet seine Herrschaft über Nacht, und die Dänen werden scharenweise zu Eurem Banner eilen.«

Ein wundersames Leuchten strahlte aus Thorfinns Augen. Er warf das Haupt zurück wie ein Löwe die Mähne und streckte sein gerötetes Schwert der aufgehenden Sonne entgegen.

»Skoal!« rief er. »Setzt Kurs auf Dänemark, meine Freunde, und möge Thor unser Segel füllen!«

»Kurs Ost!« brüllte Wulfher den Männern am Steuerruder zu. »Wir setzen einen neuen König auf Dänemarks Thron!«

Tempel des Grauens

»Haltet an!« knurrte Wulfher Hausakliufr. »Ich sehe das Schimmern eines steinernen Bauwerks durch die Bäume ... Thors Blut, Cormac! Willst du uns in eine Falle führen?«

Der hochgewachsene Däne schüttelte den Kopf. Sein narbiges Gesicht wirkte noch finsterer als sonst.

»Nie habe ich von einer Burg in dieser Gegend gehört. Die britischen Stämme hier bauen nicht mit Stein. Es könnte eine alte römische Ruine sein ...«

Wulfher zögerte. Er warf einen Blick über die Schulter auf die dicht geschlossenen Reihen bärtiger Krieger mit gehörnten Helmen. »Wir sollten vielleicht einen Kundschafter ausschicken.«

Cormac Mac Art lachte spöttisch. »Es ist achtzig Jahre her, daß Alarich seine Goten durch das Forum führte, doch ihr Barbaren erschreckt immer noch, wenn ihr nur den Namen Rom hört. Habt keine Angst, es gibt keine Legionen mehr in Britannien. Ich glaube, das dort ist ein Tempel der Druiden, und von ihnen haben wir nichts zu befürchten – schon gar nicht, da wir gegen ihre Erzfeinde zu Felde ziehen.«

»Und Cerdics Brut wird wie die Wölfe heulen, wenn wir sie aus dem Westen, und nicht aus dem Süden oder Osten angreifen«, sagte der Schädelspalter grinsend. »Wahrhaftig listig von dir, unser Drachenschiff an der Westküste zu verstecken, Cormac, und quer durch das Land der Briten zu marschieren, um den

Sachsen in den Rücken zu fallen. Aber Wahnsinn ist es ebenfalls!«

»In meinem Wahnsinn ist Methode«, entgegnete der Gäle. »Ich weiß, daß sich gegenwärtig nur wenige Krieger hier herumtreiben. Die meisten der Anführer sammeln sich um Artus Pendragon zu einem gemeinsamen Feldzug. Pendragon – ha! Er ist genausowenig Uther Pendragons Sohn wie du oder ich. Uther war ein schwarzbärtiger Verrückter – mehr Römer als Brite, und mehr Gallier als Römer. Artus ist so blond wie Eric dort. Und er ist ein reinblütiger Kelte – ein Findelkind von den wilden Stämmen im Westen, die sich nie den Römern beugten. Es war Lancelot, der ihm zuredete, sich zum König zu machen – sonst wäre er auch jetzt nicht mehr als ein Anführer der Wilden, der die Grenzen unsicher macht.«

»Und er hat inzwischen die feinen Sitten der Römer angenommen?«

»Artus? Ha! Verglichen mit ihm könnte einer deiner Dänen sich als vornehme Dame ausgeben. Er ist ein strubbelköpfiger Wilder, der auf Schlachten versessen ist.« Cormac grinste wie ein Wolf und strich über seine Narben. »Beim Blut der Götter, er hat ein durstiges Schwert! Wenig erreichten wir Plünderer an seinen Küsten!«

»Ich hätte nichts dagegen, mich mit ihm zu messen«, brummte Wulfher und fuhr zärtlich über die Schneide seiner mächtigen Streitaxt. »Was ist mit Lancelot?«

»Ein gallo-römischer Überläufer, der das Gurgelschlitzen zur Kunst gemacht hat. Er vertreibt sich die Zeit damit, Petronius zu lesen und Komplotte und Intrigen zu schmieden. Gawaine ist reinblütiger Brite wie Artus, aber er ist ein Römerfreund. Du würdest dich kranklachen, wenn er Lancelot nachäfft. Doch er kämpft wie ein blutrünstiger Teufel. Ohne diese zwei wäre Artus nichts weiter als ein Räuberhauptmann. Er kann weder lesen noch schreiben.«

»Na und?« brummte der Däne. »Ich kann es auch nicht ... Ah, da ist der Tempel.«

Sie hatten das hohe Gehölz erreicht, aus dessen Schatten der breite, gedrungene Tempel sie hinter einer schützenden Säulenreihe lauernd anzustarren schien.

»Das kann kein Tempel der Briten sein«, knurrte Wulfher. »Gehören sie nicht zum großen Teil dieser schwächlichen neuen Sekte an, die sich Christen nennt?«

»Das sind die römisch-britischen Bastarde«, erklärte Cormac. »Die reinblütigen Kelten bleiben ihren alten Göttern treu, genau wie wir von Erin. Beim Blut Thors, wir Gälen werden nie Christen, solange noch ein Druide lebt!«

»Was machen diese Christen eigentlich?« fragte Wulfher neugierig.

»Sie verschlingen bei ihren Ritualen Neugeborene, munkelt man.«

»Aber ist es nicht so, daß die Druiden Menschen in Käfigen aus grünem Holz verbrennen?«

»Eine von Cäsar verbreitete Lüge, die nur die Dummen glauben«, knurrte Cormac ungeduldig. »Ich will keine Lobeshymnen auf die Druiden singen, aber ihr Wissen über die Elemente und ihre alte Weisheit kann ihnen niemand abstreiten. Diese Christen lehren Sanftmut und Vergebung. Sie verlangen, daß man seinem Feind auch noch die Wange hinhält, um sich schlagen zu lassen!«

»Was sagst du da?« staunte der riesenhafte Wikinger. »Befiehlt ihr Glaube wahrhaftig, daß sie sich wie Sklaven prügeln lassen müssen?«

»Ja – und daß sie Böses mit Gutem vergelten und ihren Feinden verzeihen.«

Der Däne dachte kurz darüber nach.

»Das ist kein Glaube«, sagte er schließlich, »sondern Feigheit. Diese Christen müssen allesamt verrückt sein. Wenn du einen ihres Glaubens erkennst, Cormac, dann zeig ihn mir, und ich werde ihn auf die Probe stellen.« Unmißverständlich hob er die Axt. »Das ist eine gefährliche Lehre, die sich wie Rostpilz auf Weizen ausbreiten mag und die den Mannesmut raubt, wenn sie nicht wie eine Schlange zertreten wird.«

»Ich werde mit dem Zertreten anfangen, wenn ich auch nur einen dieser Irren sehe«, versicherte ihm Cormac. »Aber kümmern wir uns erst einmal um diesen Tempel. Wartet hier – ich habe denselben Glauben wie diese Briten, auch wenn ich von einer anderen Rasse bin. Die Druiden werden unseren Feldzug gegen die Sachsen segnen. Viel ist natürlich Mummenschanz, aber wir können ihr Wohlwollen brauchen.«

Der Gäle stapfte zu den Säulen und verschwand dahinter. Wulfher lehnte sich auf seine Axt. Ihm war, als höre er aus dem Tempel ein schwaches Klappern, wie Ziegenhufe auf Marmorboden.

»Das ist ein Ort des Bösen«, murmelte Osric Jarlsbann. »Ich bin mir nicht sicher, aber ich glaube, ich habe gerade ein merkwürdiges Gesicht über der Säule da drüben gesehen.«

»Es war bloß eine Weinranke, die sich bewegt hat«,

widersprach der Schwarze Hrothgar. »Schau doch, wie das grüne Zeug sich um den Tempel rankt. Es dreht und windet sich wie gequälte Seelen. Wie menschenähnlich es ist ...«

»Ihr seid beide verrückt!« unterbrach ihn Hakon Snorrison. »Was ihr alle zwei gesehen habt, war eine Ziege! Ich habe ihre Hörner ganz deutlich erkannt ...«

»Bei Thors Blut!« fluchte Wulfher. »Seid still – hört!«

Im Tempel hallte ein scharfer, ungläubiger Schrei wider. Dann war ein plötzliches, dämonisches Klappern wie von gespenstischen Hufen zu hören, das Schleifen eines Schwertes, das aus der Scheide gezogen wird, und ein schwerer Schlag. Wulfher umklammerte den Axtstiel und tat den ersten Schritt, um zum Tempel zu stürmen. Doch da kam in stummer Hast Cormac Mac Art zwischen den Säulen hervor. Wulfhers Augen weiteten sich, und ein Schauder rann ihm über den Rücken, denn nie zuvor hatte er den großen Gälen so offensichtlich erschüttert gesehen. Die Farbe war ihm aus dem Gesicht gewichen, und seine Augen verrieten ein Grauen, als hätte er in finstere, bodenlose Klüfte geblickt. Von seiner Klinge tropfte Blut.

»Was, in Thors Namen, ist geschehen?« rief ihm Wulfher entgegen und spähte verstört durch die Säulen in den düsteren Tempel.

Cormac wischte sich den kalten Schweiß von der Stirn und benetzte die Lippen.

»Beim Blut der Götter«, flüsterte er. »Wir sind hier auf ein Ungeheuer gestoßen – oder mich hat der Wahn gepackt! Aus dem Halbdunkel im Innern kam es herbeigehopst, ganz plötzlich, und es hatte mich fast erreicht, ehe ich die Klinge aus der Scheide hatte. Es

sprang und hüpfte wie ein Ziegenbock, aber aufrecht, und in dem trügerischen Zwielicht schien es mir Ähnlichkeit mit einem Mann zu haben.«

»Du bist ja verrückt«, brummte Wulfher beunruhigt. In seinen Sagen gab es keine Faune.

»Die Kreatur liegt im Tempel auf dem Boden!« fuhr Cormac auf. »Komm mit, dann wirst du schon sehen, ob ich verrückt bin oder nicht.« Er drehte sich um und verschwand wieder zwischen den Säulen.

Wulfher folgte ihm, wobei er die Axt fest umklammert hielt, und seine Wikinger stapften in dichten Reihen mit vorsichtigen Schritten hinter ihm her. Sie kamen durch die völlig zierlosen Säulen und betraten den Tempel. Eine weite Halle mit wuchtigen Säulen aus schwarzem Stein lag vor ihnen. Diese Säulen waren verziert. Auf jeder kauerte wie auf einem Piedestal eine gedrungene Figur, aber in dem düsteren Licht war es unmöglich zu erkennen, was sie darstellten, obgleich sofort der Eindruck ekelerregender Abscheulichkeit entstand.

»Na«, brummte Wulfher ungeduldig. »Wo ist denn dein Ungeheuer?«

»Dort habe ich es erschlagen«, antwortete Cormac und deutete mit dem Schwert. »Bei den finsteren Göttern!«

Nichts lag auf dem Fliesenboden.

»Mondschein und Irrsinn!« fluchte Wulfher und schüttelte den Kopf. »Keltischer Aberglaube. Du siehst Gespenster, Cormac!«

»O ja?« fuhr der verärgerte Gäle auf. »Und wer hat kürzlich einen Troll gesehen und das ganze Lager mit seinem Gebrüll aufgeweckt? Wer hat die Schar zu den Waffen gerufen und bis zum Morgengrauen wachgehalten und immer wieder die Feuer schüren lassen, bis die armen Burschen vor Müdigkeit fast umfielen, und alles nur, um die Kreaturen der Finsternis fernzuhalten?«

Wulfher brummte etwas Unverständliches und funkelte seine Krieger an, um sie vom Lachen abzuhalten.

»Schau doch her!« forderte Cormac den Wikingeranführer auf und bückte sich. Auf den Fliesen zeichnete sich eine kleine Lache frischen Blutes ab. Wulfher warf nur einen flüchtigen Blick darauf, dann richtete er sich auf und spähte in die Düsternis. Seine Männer drängten sich dichter zusammen, und ihre Barthaare schienen sich aufzustellen. Drückendes Schweigen setzte ein.

»Kommt mit«, forderte Cormac sie leise auf. Sie blieben dicht hinter ihm, als er wachsam durch die breite Halle schritt. Offenbar gab es hinter den auf unerklärliche Weise Abscheu erregenden Säulen keine Eingänge. Doch vor ihnen standen sie weiter auseinander und machten Platz für die Tür, die in einen kreisrunden Raum mit Kuppeldach führte. Auch hier befanden sich in regelmäßigen Abständen Säulen. Im Licht, das gefiltert durch die Kuppel fiel, sahen die Krieger, welcher Art diese Säulen waren, und die Figuren auf ihnen. Cormac fluchte durch zusammengebissene Zähne. Wulfher spuckte in weitem Bogen aus. Die Skulpturen waren zwar von Menschenform, aber selbst die degeneriertesten Künstler Griechenlands oder Roms hätten solche Obszönitäten nicht in Stein hauen können. Der Gäle verzog finster das Gesicht. Da und dort hatten die unbekannten Bildhauer ihren Skulpturen eine Spur von Unwirklichkeit verliehen –

eine Andeutung von Abnormität über menschliche Deformierung hinaus. Gerade das erweckte eine vage Unruhe in ihm, die Spur einer Angst, die sein Unterbewußtsein quälte.

Der flüchtige Gedanke, daß er vielleicht nur eine Halluzination gesehen und geglaubt hatte, etwas erschlagen zu haben, war vergessen.

Neben der Tür, durch die sie den kreisförmigen Raum betreten hatten, befanden sich vier schmale, bogenförmige Eingänge, doch ohne Türen. Cormac schritt zur Mitte der Kuppel und blickte hoch. Das düstere Dach wölbte sich finster und drohend über ihm. Sein Blick fiel auf den Boden. Die Fliesen waren in einem Muster von Linien angeordnet, die der Mitte des Raumes zuströmten, und zwar der breiten achteckigen Marmorplatte, auf der er stand ...

Im gleichen Augenblick, als ihm das bewußt wurde, kippte die Platte lautlos unter ihm, um ihn in die abgrundtiefe Finsternis zu stürzen.

Nur beinahe übermenschliche Geistesgegenwart rettete ihn. Thorfinn Jarlsbann stand ihm am nächsten, und als Cormac fiel, streckte er einen Arm aus und griff nach dem Schwertgürtel des Dänen. Die verzweifelt danach krallenden Finger verfehlten ihn, schlossen sich jedoch um die Scheide. Und als Thorfinn instinktiv die Beine spreizte, bot er einen besseren Halt, und des Gälen Sturz wurde gebremst. Sein Leben hing nun von einer Hand um die Schwerthülle ab und von der Festigkeit der Scheidenschlaufen. Doch schon hatte Thorfinn Cormacs Handgelenk gepackt, und Wulfher, der mit Löwengebrüll herbeistürmte, bekam das andere zu fassen. Gemeinsam zerrten sie den Gälen aus der gähnenden Schwärze. Cormac half mit einer Drehung seines geschmeidigen Körpers nach und schwang die Beine über den Rand der Öffnung.

»Thors Blut!« fluchte Wulfher erschrockener als der Gäle. »Das war knapp! Bei Thor, du hast ja immer noch dein Schwert!«

»Wenn ich das einmal abgebe, dann nur, weil kein Leben mehr in mir ist«, brummte Cormac. »Ich habe vor, es selbst in die Hölle mitzunehmen. Aber jetzt möchte ich mir das Loch anschauen, das sich so unerwartet unter mir geöffnet hat.«

»Es könnten hier aber noch mehr Fallen sein«, gab Wulfher beunruhigt zu bedenken.

»Ich kann die Schachtwände sehen«, murmelte Cormac, der sich inzwischen bereits über die Öffnung gebeugt hatte. »Aber es wird dunkler ... Welch abscheulicher Gestank da aufsteigt!«

»Komm weg!« drängte Wulfher. »Dieser Gestank kann nicht von der Erde stammen. Der Schacht muß in einen römischen Hades führen – oder vielleicht in die Höhle, wo das Gift der Schlange auf Loki tropft.«

Cormac achtete nicht auf ihn. »Ich sehe die Falle jetzt«, erklärte er. »Die Platte hält ihr Gleichgewicht auf einer Art Drehzapfen, und hier ist der Hebel, der sie kippt. Wie es gemacht wurde, weiß ich nicht, aber jedenfalls löste sich der Hebel, und die nur noch auf einer Seite vom Drehzapfen gehaltene Platte ist an der anderen gefallen ...«

Er unterbrach sich und starrte auf den Schachtrand. »Blut!« rief er. »Seht doch, Blut!«

»Das Ungeheuer, das du verwundet hast, muß in dieses Loch gekrochen sein«, meinte Wulfher.

»Ich habe es nicht verwundet, sondern getötet«, berichtigte Cormac. »Und Tote kriechen nicht. Jemand muß es hierhergeschleppt und hinuntergeworfen haben. Hört!«

Die Krieger kamen näher heran. Von irgendwo weit unten – aus ungeheurer Tiefe, wie es schien – waren Geräusche zu hören: ein gräßliches Platschen, mit anderen, unbeschreibbaren Lauten vermischt.

Wie ein Mann wichen die Krieger von der Öffnung zurück und umklammerten ihre Waffen.

»Stein brennt nicht«, knurrte Wulfher und verlieh so auch den Gedanken der anderen Ausdruck. »Es gibt nichts zu plündern hier und auch keine Menschen. Laßt uns verschwinden.«

»Wartet!« Der Gäle hatte die besten Ohren. Er warf den Kopf wie ein Jagdhund zurück. Dann schlich er stirnrunzelnd auf einen der Bogeneingänge zu.

»Ein Mensch stöhnte«, flüsterte er. »Habt ihr es denn nicht gehört?«

Wulfher legte den Kopf schief und drückte lauschend eine Hand ans Ohr. »Ja – es muß in dem Korridor dort sein.«

»Folgt mir!« stieß der Gäle hervor. »Haltet euch dicht beisammen. Wulfher, faß mich am Gürtel. Hrothgar, du hältst Wulfhers, und Kanon, du Hrothgars. Es gibt vielleicht noch weitere dieser Teufelslöcher. Ihr andern sucht Schutz hinter euren Schilden und bleibt eng beisammen!«

So zwängten sie sich durch den schmalen Eingang. Sie stellten fest, daß der Korridor dahinter bedeutend breiter war, als sie angenommen hatten. Es war hier auch dunkler, doch dem Ende des Korridors zu wurde es heller wie von einem Licht.

Sie eilten darauf zu und blieben wie angewurzelt stehen. Es war wirklich heller hier, so hell, daß die unbeschreibbar obszönen Reliefs an den Wänden viel zu deutlich erkennbar waren. Das Licht fiel durch mehrere Öffnungen im Dach. Und an einer Wand, zwischen den gräßlichen Reliefs, hing ein nackter Mann. Nur die ziemlich hoch angebrachten Ketten hielten ihn einigermaßen aufrecht. Zuerst glaubte Cormac, er sei tot, und er fand, daß das bei seinen entsetzlichen Verstümmlungen auch am besten so wäre. Doch da hob der Kopf sich ein wenig, und ein schmerzhaftes Stöhnen entrang sich den zerschundenen Lippen.

»Bei Thor!« fluchte Wulfher erstaunt. »Er lebt!«

»Wasser, in Gottes Namen«, flüsterte der Mann an der Wand.

Cormac nahm Hakon Snorrison eine wohlgefüllte Flasche ab und hielt sie dem Gemarterten an die Lippen. Der Mann trank in würgenden Schlucken, dann hob er mit ungeheurer Anstrengung den Kopf. Der Gäle blickte in erstaunlich ruhige Augen.

»Gottes Segen auf Euch, meine Herren«, sagte der Mann mit schwacher, ein wenig rasselnder Stimme, die zweifellos einmal stark und klangvoll gewesen war. »Sind meine Qualen zu Ende, und ich bin ins Paradies eingegangen?«

Wulfher und Cormac wechselten überraschte Blicke. Paradies! Wahrhaftig ungewöhnlich würden blutbeschmierte Räuber wie wir im Tempel des Demütigen aussehen, dachte Cormac.

»Nein, nicht im Paradies«, murmelte der Mann, »denn ich hänge ja noch an diesen schweren Ketten.«

Wulfher untersuchte die Ketten. Dann hob er die Axt und sprengte die Glieder mit einem mächtigen Schlag. Der Mann sackte in Cormacs Arme. Er war zwar jetzt frei von der Wand, aber noch nicht von den schweren Eisenbändern an Hand- und Fußgelenken, die, wie der Gäle jetzt sah, tief in das Fleisch schnitten.

»Ich fürchte, Euch ist nicht mehr viel Zeit beschieden, guter Herr«, sagte Cormac. »Verratet uns, wo Ihr zu Hause seid, damit wir Eurer Familie von Eurem Dahinscheiden berichten können.«

»Ich heiße Fabricus, mein Herr«, antwortete der Beklagenswerte schwer. »Ich bin überall zu Hause, wo noch Widerstand gegen die Sachsen geleistet wird.«

»Nach Euren Worten seid Ihr ein Christ«, vermutete Cormac, und Wulfher betrachtete den Gemarterten neugierig.

»Ich bin nur ein demütiger Priester Gottes«, wisperte Fabricus. »Aber Ihr dürft hier nicht bleiben. Verlaßt mich und eilt, ehe Euch Schlimmes widerfährt!«

»Beim Blut Odins!« schnaubte Wulfher. »Ich gehe nicht fort von hier, ehe ich nicht erfahren habe, wer imstande ist, einen hilflosen Menschen auf so grauenvolle Weise zu mißhandeln.«

»Das Böse, das schwärzer ist als die Rückseite des Mondes«, murmelte der Priester. »Es macht alle Menschen gleich, so daß Ihr mir wie ein Bluts- und Milchbruder erscheint, Sachse.«

»Ich bin kein Sachse!« polterte der Däne.

»Es tut nichts zur Sache – alle Menschen von Gottes Gestalt sind Brüder. So spricht der Herr – nur hatte ich es nicht richtig verstanden, ehe ich an diesen Ort der Greuel kam.«

»Thor!« murmelte Wulfher. »Ist das hier kein Druidentempel?«

»Nein«, entgegnete der Sterbende. »Kein Tempel, in dem Menschen, selbst in ihrem Heidentum, die reineren Formen der Natur verehren. O Gott, sie bedrängen mich! Hebt euch hinweg, stinkende Dämonen der Finsternis – kriechende Kreaturen des roten Chaos und heulenden Irrsinns – schlüpfrig, lauernde Blasphemien, die sich verbergen wie Schlangen in den Schiffen der Römer – grauenvolle Ungeheuer, dem Urschleim des Orients entschlüpft, in reinere Länder versetzt, wo sie in guter britischer Scholle neue Wurzeln schlugen – Eichen älter als die Druiden, die sich von Monstrositäten unter dem schwellenden Monde nähren ...«

Das dem Fieberwahn entsprungene Gestammel erstarb. Cormac schüttelte den Priester leicht. Der Sterbende schaute zu ihm hoch, als erwache er aus tiefem Schlaf.

»Geht! Ich flehe Euch an«, wisperte er. »Sie haben mir Schlimmes angetan. Und Euch werden sie mit ihrem bösen Zauber betören – sie werden Euren Leib zerstören, wie sie es mit meinem gemacht haben, und dann werden sie versuchen, Eure Seelen zu brechen, wie es ihnen mit meiner gelungen wäre, hätte nicht mein unerschütterlicher Glaube an unseren guten Herrgott sie davor bewahrt. *Er* wird kommen, der Hohepriester des Bösen mit seiner Heerschar der Verdammten. Ah, schon naht er! Gott beschütze uns!«

Cormac fletschte die Zähne wie ein Wolf, und der riesenhafte Wikinger wirbelte herum und grollte wie ein gestellter Löwe. Ja, etwas kam einen der kleinen Seitengänge des breiten Korridors entlang. Das Klappern unzähliger Hufe auf den Marmorfliesen war zu hören. »Schließt die Reihen!« brüllte Wulfher. »Bildet einen Schildwall, Wölfe, und sterbt mit blutigen Klingen!«

Schnell formierten die Wikinger sich zu einem

Halbmond aus Stahl um den sterbenden Priester, mit dem Rücken zu ihm. Und schon stürmte eine grauenvolle Horde durch die dunkle Öffnung in den helleren Teil des Korridors. Einer Sturzflut schwarzen Wahnsinns und roten Schreckens gleich, wogten sie herbei. Die meisten der Alptraumgeschöpfe waren ziegenähnliche Kreaturen mit Menschenhänden. Sie liefen aufrecht, und ihre Gesichter sahen aus wie die einer gräßlichen Kreuzung aus Ziege und Mensch. Doch befanden sich noch grauenerregendere Kreaturen unter ihnen. Und hinter ihnen allen bemerkte Cormac in der Dunkelheit des gewundenen Korridors, aus dem die Horde kam, eine im düsteren Licht des Bösen schimmernde Gestalt. Ihre Züge wirkten auf gespenstische Weise menschlich, ohne es wirklich zu sein. Und schon brandete die abscheuliche Schar gegen den Schildwall.

Die Waffen der Kreaturen waren ihre Hörner, Fänge und Klauen. Sie kämpften wie Tiere, doch ohne deren natürliche Schlauheit und Gewandtheit. Mit vor Kampfeslust blitzenden Augen und gesträubten Bärten schwangen die Wikinger ihre todbringenden Klingen. Stoßende Hörner, reißende Klauen und schnappende Kiefer suchten nach Menschenfleisch, doch durch ihre Helme, Rüstungen und den Schildwall gut geschützt, trugen die Dänen keine ernsthaften Verletzungen davon, während ihre zischenden Klingen und spitzen Speere unerbittlichen Tribut von ihren ungeschützten Gegnern forderten.

»Thors Blut!« fluchte Wulfher und spaltete ein Ziegenwesen mit einem mächtigen Hieb der blutbesudelten Axt in zwei Hälften. »Da siehst du, du Ausgeburt von Helheim, daß es schwerer ist, bewaffnete

Krieger zu töten als einen nackten Priester zu martern!«

Die Höllenhorde wich unter diesem Hagel blitzenden Stahls zurück, doch der in den Schatten kaum zu sehende Mann trieb sie mit seltsamen Singsangworten, die die Menschen nicht verstanden, wieder auf sie zu. So warfen die Kreaturen sich erneut mit blinder Heftigkeit in den Kampf, bis ihre Kadaver sich vor den Füßen der Wikinger häuften und die wenigen Überlebenden die Flucht ergriffen.

Die Dänen wollten ihren Schildwall auflösen, um sie zu verfolgen, doch Wulfher hielt sie mit Gebrüll zurück. Cormac jedoch war bereits, als die letzten der gräßlichen Geschöpfe flohen, über die Kadaverhaufen gesprungen und raste den gewundenen Korridor entlang, um den zu fangen, der sich ihnen hatte entziehen wollen. Der Fliehende bog in einen anderen Gang ein und rannte hinaus in die Kuppelhalle, wo er sich schließlich seinem Verfolger stellte. Ein hochgewachsener Mann mit nichtmenschlichen Augen und fremdartigem, dunklem Gesicht war er und, von seltsamem Zierrat abgesehen, nackt.

Mit seinem eigenartigen kurzen Krummschwert versuchte er den hitzigen Angriff des Gälen abzuwehren. Aber Cormac trieb ihn in seiner rasenden Wut wie ein Blatt im Wind vor sich her. Was immer dieser Hohepriester auch sein mochte, sterblich war er, denn er zuckte jedesmal zurück und fluchte in einer merkwürdigen Sprache, wenn Cormacs lange, schmale Klinge seine Verteidigung durchbrach und ihm blutige Wunden am Kopf, an der Brust und den Armen schlug. Unaufhaltsam drängte der Gäle ihn immer weiter zurück, bis er zitternd am Rand des offenen Schachtes stehenblieb. Und da, als Cormacs Schwertspitze in seine Brust stieß, taumelte er und fiel mit einem schrillen Schrei rücklings in das Loch.

Eine endlos erscheinende Weile schallte der Schrei von den Schachtwänden wieder, bis er schließlich schwächer und schwächer werdend in unvorstellbarer Tiefe erstarb. Und von weit, weit unten drangen Geräusche wie von einem gräßlichen Schmaus herauf. Cormac lächelte grimmig. Im Augenblick konnten ihn nicht einmal die abstoßenden Laute aus dem Abgrund aus seiner rasenden Wut reißen. Er war der Rächer, und er hatte soeben einen erbarmungslosen Folterknecht, der einen seiner Rasse zu Tode gemartert hatte, der gerechten Strafe im Schlund eines allesverschlingenden Ungeheuers zugeführt ...

Cormac drehte sich um und stapfte zu Wulfher und seinen Mannen zurück. Ein paar der Ziegenwesen überquerten den düsteren Korridor vor ihm und ergriffen bei seinem Anblick meckernd die Flucht. Der Gäle achtete nicht auf sie. Schließlich war er bei Wulfher und dem sterbenden Priester.

»Ihr habt den Schwarzen Druiden getötet«, wisperte Fabricus. »Ja, sein Blut klebt an Eurer Klinge. Selbst durch die Hülle hindurch kann ich erkennen, wie es leuchtet, auch wenn andere das nicht zu sehen vermögen. Und so weiß ich nun, daß ich endlich sprechen darf. Vor den Römern, vor den wahren keltischen Druiden, vor den Gälen und sogar vor den Pikten gab es bereits den Schwarzen Druiden – den Lehrer der Menschheit, dazu ernannte er sich jedenfalls auf seine eigene Weise selbst. Er war der letzte der Schlangenmenschen, der letzte jener Rasse, die vor dem Erwachen der Menschheit über die Erde herrschte. Sein war die Hand, die Eva den Apfel reichte, und er war verantwortlich für ihre und Adams Vertreibung aus dem Paradies. Mit dem Schwert tötete König Kull von Atlantis im verzweifelten Kampf die letzten seiner Brüder. Er allein überlebte und nahm Menschengestalt an, um das satanische Wissen längst vergangener Zeit weiterzugeben. Ich sehe jetzt vieles, was das Leben verbarg, das die sich öffnenden Pforten des Todes jedoch offenbaren. Vor den Menschen waren die Schlangenwesen, und vor ihnen die Alten mit den Sternenköpfen, die die Menschheit erschufen und später die gräßliche Ziegenbrut, als sie erkannten, daß der Mensch ihren Zweck nicht erfüllen würde. Dieser Tempel ist das letzte Bollwerk ihrer verfluchten Zivilisation über dem Erdboden – und darunter bemüht sich der letzte Shoggoth, der Oberfläche dieser Welt nahezubleiben. Die Ziegenkreaturen streifen nur noch nachts über die Hügel, denn sie fürchten die Menschen jetzt. Die Alten und die Shoggoths verbergen sich tief im Innern der Erde, bis zu jenem Tag, da Gott sie vielleicht als seine Geißel ruft – wenn der Tag des Jüngsten Gerichts gekommen ist ...«

Der alte Mann hustete und röchelte. Cormacs Haut kribbelte. Zuviel dessen, wovon Fabricus gesprochen hatte, rief uralte Erinnerungen seiner Rasse in dem Gälen wach.

»Ruht Euch aus, Freund«, sagte er. »Dieser Tempel – dieses *Bollwerk,* wie Ihr es nennt – wird nicht mehr lange stehen.«

»So ist es«, pflichtete Wulfher ihm ungewöhnlich bewegt bei. »Jeder Stein dieses Bauwerks soll dazu beitragen, die Grube zu füllen, die darunter liegt.«

Auch Cormac verspürte eine erstaunliche Ergriffenheit – weshalb, hätte er selbst nicht zu sagen gewußt, denn allzuoft schon hatte er den Tod gesehen. »Christ oder nicht, Ihr besitzt eine tapfere Seele, Alter. Ihr sollt gerächt werden ...«

»Nein!« Fabricus hob eine zitternde, blutleere Hand. Sein Gesicht schien von innen heraus zu leuchten. »Ich sterbe, und Rache bedeutet meiner scheidenden Seele nichts. Ich kam zu diesem Ort des Bösen mit dem Kreuz des Herrn, und ich sprach die läuternden Worte Gottes. Ich war bereit zu sterben, wenn nur die Welt von diesem Finsteren befreit würde, der den Tod so vieler auf so grauenvolle Weise herbeiführte und der unser aller Untergang plante. Und Gott erhörte mein Gebet, denn er schickte Euch. Ihr habt die Schlange getötet, so bleibt ihren Ziegengeschöpfen nichts übrig, als auf die bewaldeten Berge zu fliehen, und der Shoggoth kann nichts anderes tun, denn in die finstere Hölle zurückzufahren, der er entstieg.« Fabricus griff nach Cormacs Rechten mit seiner Linken, und nach Wulfhers Hand mit der Rechten.

»Gäle – Nordmann«, sagte er, »trotz verschiedener Rassen und anderen Glaubens seid Ihr doch Menschenbrüder. Seht!« Ein unwirkliches Leuchten schien aus seinen Zügen zu strahlen, als er sich mühsam auf einen Ellbogen stützte. »Es ist, wie der Herr mir sagte – alle Unterschiede verblassen vor der Bedrohung durch die Mächte der Finsternis. Ja, wir sind alle Brüder ...«

Der gütige Christenpriester schloß die Augen zur ewigen Ruhe. In grimmigem Schweigen umklammerte Cormac das blanke Schwert, dann atmete er tief und entspannte sich.

»Was hat der Alte gemeint?« brummte er schließlich.

Wulfher schüttelte die zottige Mähne. »Ich weiß es

nicht. Der Wahn hat nach ihm gegriffen und ihn in den Tod geführt. Aber er besaß Mut, denn ging er nicht furchtlos in sein sicheres Geschick, so wie ein Berserker in die Schlacht, ohne an den Tod zu denken? Ja, er war ein tapferer Mann – doch dieser Tempel ist ein verfluchter Ort, dem wir lieber den Rücken kehren ...«

»Ja – und je schneller, desto besser.«

Cormac schob sein Schwert in die Scheide. Wieder atmete er tief.

»Auf nach Wessex!« rief er. »Wir wollen unsere Klingen mit Sachsenblut säubern!«